课本里的大作家

书本里的蚂蚁

王一梅 著

北京理工大学出版社
BEIJING INSTITUTE OF TECHNOLOGY PRESS

目 录

书本里的蚂蚁

　　古老的墙角边，孤零零地开着一朵红色的小花，花儿在风里轻轻地唱着歌。一只黑黑的小蚂蚁，顺着花枝往上爬，静静地趴在花蕊里睡着了。

古老的墙角边，孤零零地开着一朵红色的小花，花儿在风里轻轻地唱着歌。一只黑黑的小蚂蚁，顺着花枝往上爬，静静地趴在花蕊里睡着了。

小姑娘经过这儿，采下这朵花，随手夹进了一本陈旧的书里，

小蚂蚁当然也进了书本，被夹成了一只扁扁的蚂蚁。

"喂，你好，你也是一个字吗？"书本里传来了很整齐的细碎的声音。

"是谁？书本也会说话？"黑蚂蚁奇怪极了。

"我们是字。"细碎的声音回答着。黑蚂蚁这才看清，书本里满是密密麻麻的小字。

"我们小得像蚂蚁。"字很不好意思地回答。

"我，我是蚂蚁。噢，我变得这么扁，也像一个字了。"黑蚂蚁挺乐意做一个字。

于是，书本里有了一个会走路的字。第一天，黑蚂蚁住在第100页，第二天就跑到了第50页，第三天又跑到第200页，所有的字都感到很新奇。要知道，这是一本很陈旧的书，很久没有人翻动过了，而这些字从没想动动手脚，走一走，跳一跳。"我们真是太傻了。"字对自己说。现在，他们都学着黑蚂蚁跳跳舞、串串门。这有多快乐呀！

旧书不再是一本安安静静的书了。

有一天，小姑娘想起了那朵美丽的花，就打开书来看。啊！这本她原本看厌的旧书，写着她从来也没有看过的新故事，她一口气读完了这个新故事。

第二天，小姑娘忍不住又打开书来看，她更加惊奇了，她看到的又是一个和昨天不一样的新故事。

这时候，小姑娘突然看到了住在书里的小蚂蚁，问："你是一个字吗？""是的，我原来是一只小蚂蚁，现在，我住在书本里，是会走路的字了。"会走路的字？小姑娘明白了，这本书里的字，每到晚上就走来走去，书里的故事也就变来变去。

是的，第三天的早晨，小姑娘在旧书的封面上发现了一个字，他呀，走得太远不认识回家的路了。不过，这些字没有一个想离家出走的，他们全住在一起，快快乐乐的，每天编出新的故事。

小姑娘再也没有买过故事书。

胡萝卜先生的长胡子

眼镜店的白菜小姐是个非常机灵的女孩，她一边给胡萝卜先生戴上眼镜，一边说："如果您怕不小心把眼镜摔了，那么就在眼镜框上系一根绳子，然后挂在脖子上。"

胡萝卜先生常常为胡子发愁，因为他有着浓密的胡子，必须每天刮胡子。

有一天，胡萝卜先生匆匆忙忙刮了胡子，一边吃着果酱面包一边就上街去了。因为他是个近视眼，就没有发现漏刮了一根胡子。这根胡子长在下巴的右边，胡萝卜先生吃果酱面包的时候，胡子蘸到了甜甜的果酱，对一根胡子来说，果酱是多么好的营养啊！

于是，胡萝卜先生一步一步走的时候，这根胡子就在一点儿一点儿地变长，只要回头看看胡萝卜先生走了多长的路，就可以知道胡萝卜先生的这根胡子已经长了多长了。

胡萝卜先生还在继续走，因为长胡子被风吹到了身体后面，胡萝卜先生完全不知道。

在很远的街口，有一个正在放风筝的男孩，他风筝的线实在太短了，风筝才飞过屋顶。

胡萝卜先生的胡子刚好在风里飘动着。

"这绳子真是够长的，就是不知道够不够牢固。"小男孩说完就扯了扯胡子，胡萝卜先生马上觉得有人在后面拉他。

男孩已经确定绳子是牢固的，就剪了一段来做风筝线。

　　胡萝卜先生继续往前走。当他走过鸟太太的树底下时,鸟太太正在找绳子晾鸟宝宝的尿布。

　　胡萝卜先生的胡子刚好在风里飘动着。

　　于是,鸟太太剪了长长的一段胡子,系在两根树枝的中间:"这下好了,我总算找到一根够长的绳子了。"

　　胡萝卜先生就这样一直走,他的胡子一直长。当胡萝卜先生走进一家眼镜店的时候,他的胡子就不再疯长了。一路上,胡子

派上了许多用处，已经没那么长了，就挂在他的肩膀上。胡萝卜先生开始掏钱买眼镜。

眼镜店的白菜小姐是个非常机灵的女孩，她一边给胡萝卜先生戴上眼镜，一边说："如果您怕不小心把眼镜摔了，那么就在眼镜框上系一根绳子，然后挂在脖子上。"白菜小姐说这些话的时候，用那根胡子系住了眼镜。

当胡萝卜先生的眼镜不小心从鼻子上滑落下来的时候，他的胡子系住了眼镜。胡萝卜先生说："我的胡子真是太棒了！"

是的，胡萝卜先生的胡子确实是太棒了，大家都这么说。

大狼托克打电话

　　第二天，托克抱着烤得很香的汉堡，背着被子，手里拎着滑板，像一个长途旅行的狼。他觉得自己帅极了，走路的时候，把雪地踩得"嘎吱嘎吱"响。

　　大狼托克有一部漂亮的红色电话，这是很得意的事情，但问题是托克家的电话号码：13749。没有一个数字是连着的，也没有一个数字是重复的。所以，朋友们都记不住，他的电话也就一直没有响过。

　　不过，这不妨碍托克使用这部电话："别人不给我打，我就给别人打。"

　　托克查查电话号码本，这是多么有趣的电话号码本啊。上面这样写：熊：77888；鸟：22822；榕树：23232；小雪：56665。

　　哦，原来植物也有电话呀，他们把电话安装在哪里？树洞里？挂在叶子上？贴在树干上？还是在高高的树顶？

　　不管怎样，大狼托克决定先给熊打电话，大家都是动物，说话总是方便一些的。他按了熊的电话号码：77888。

"喂，找我吗？"听筒里传来熊粗重的声音，"冬天里，我从来没有接到过电话。"

是呀，外面的雪已经盖住了树林里所有的树、所有的房屋。

"我是大狼托克，我想和你说说话。"

"好，可是，我很困，你要原谅我，一会儿，我就会睡着的。"熊已经开始打哈欠。

他们开始聊天，当然是说"什么东西最好吃"，等等，因为熊说他现在饿极了，饥饿把他从美梦中叫醒了。

托克答应明天给他送汉堡。

"我家在树林中最大树的树洞里。"说完，熊就睡着了，电话里传来呼噜呼噜的声音。

接着的电话是打给鸟的：22822。

拿起电话，托克就听到："喂，如果你能快些送条被子来，

我会在明年春天到你们商店去谢谢你。没有大被子就送小被子，没有厚被子就送薄被子，没有花被子就送白被子，没有棉花被就送稻草被。总之，我的孩子太冷了，你要快些送来。"

啊，说话这么啰唆，一定是鸟妈妈了。

"我很理解你，鸟妈妈。可我不是商店的伙计。"托克说。

"哦，这个时候我最希望打给我的是商店的电话，对了，你是谁？"鸟妈妈的声音有些不高兴。

"我是谁不重要，关键是我可以在明天上午给您送被子。"托克想起家里有一条柔软的被子，是自己舍不得盖的，"那是一条蒲公英被子，是用蒲公英种子的茸毛做的，我愿意出租给您。"

"蒲公英被子？"鸟妈妈觉得很珍贵，她怕租不起，"那你准备怎样出租呢？"

"只要你记得偶尔给我打打电话。我的号码难记极了，是13749。"托克说。

"我已经记住了，保证不会忘记。"鸟妈妈赶紧告诉他地址，在树林里最高的树枝上。

放下鸟妈妈的电话，大狼觉得高兴极了。他想和树打电话，听听树是怎样说话的。他拨了23232，那是榕树的电话。

"喂，你是谁呀？"榕树的声音好像是从地底下传来的。

"我是大狼托克。"托克的声音听起来有些激动。

"天气好冷啊，四周好安静。"榕树说，"你能到我身边来，陪我说说话吗？"

"好的，我明天来。"大狼答应了，"怎么找你？"

"我是这树林里唯一的榕树。"榕树回答说。

最后，托克决定给小雪打电话：56665。

"喂，我不认识你，可是还要给你打电话，你不会怪我吧？"大狼猜小雪是个女孩，和女孩说话要温柔一些。

"不会，我只是一个有着胡萝卜鼻子的雪人，能够认识你真的很高兴。"

"哎呀，雪人也有电话呀？"托克吃惊地说。

"是的，我有一部雪电话。可是，我最想要的是滑板。这样我就可以在雪地上滑动了，到处走走的感觉真是太好了。"

托克决定明天就给小雪送滑板。

"我住在冰冻的河面上。"小雪说。

哦，托克想起来了，树林里只有一条小河会结冰。

第二天，托克抱着烤得很香的汉堡，背着被子，手里拎着滑板，像一个长途旅行的狼。他觉得自己帅极了，走路的时候，把雪地踩得"嘎吱嘎吱"响。他要去寻找树林里最大的树、最高的树，还有唯一的榕树，最后去看小雪。

当他走进树林的时候，他惊奇地发现，最大的树也就是最高的树，也就是树林里唯一的榕树。啊，他在最大的树洞外看见了野藤一样的电话线，听见了大熊梦里肚子还在咕咕叫，就把汉堡放在树洞口；他还把被子送给了树顶上的鸟妈妈，鸟妈妈的电话就挂在鸟窝旁的树叶上；至于树的电话，就贴在树干上。

因为有了滑板，小雪从河面上一直滑到了树底下。

小雪最后一个电话是打给托克的，那是在太阳出来的早晨，小雪的声音软软的："喂，托克，别忘了小雪，小雪的电话号码是：56665，记得明年冬天再打哟。"

说完，小雪和她的雪电话一块儿消失在泥土里了。

托克有些伤心地说，"别忘了托克的号码：13749。"

兔子的胡萝卜

　　鸟饿了，雪人就让他啄胡萝卜，这是多么有营养的胡萝卜呀！对于雪人，鼻子上站着一只鸟，是非常幸福的事情；而对于鸟，站在雪人的胡萝卜鼻子上，同样是非常幸福的事情。

兔子住在城市里，自从有了一个胡萝卜，他的生活就和以前不一样了。他在任何时候都抱着它，就连和其他兔子赛跑都抱着它；他到哪里都抱着它，就连和其他兔子郊游也抱着它。

　　冬天到来的时候，兔子收拾了行李，决定回到乡下。

　　一路上，他梦想着依靠泥土和他辛勤的劳动会得到更加多的胡萝卜。他觉得：兔子的幸福生活就应该是这样的。

在树林旁边，风静静地吹着灌木，他遇到了雪人。雪人孤独地站在雪地上。

他们一起聊天气情况，聊雪地上的脚印，聊开心的和不开心的事情。其实，雪人最想聊的是胡萝卜。因为她还没有鼻子，她好想拥有一个胡萝卜的鼻子。

但是，雪人没有说出心里真正的想法，她想，或许她还可以拥有这样的鼻子，比如：煤渣鼻、燃烧着的香烟鼻、树枝鼻、红辣椒鼻、瓶盖鼻、报纸卷的鼻子。反正不是胡萝卜鼻子，因为她一眼就看出来，胡萝卜是兔子最喜爱的东西。

临走的时候，兔子突然发现雪人没有鼻子，他想，没有鼻子就不能闻到各种味道，这一定是雪人生活中最遗憾的事情。

所以，兔子想都没想，就把胡萝卜插在了雪人的脸上。

还没等雪人弄清楚发生了什么事情，兔子就像雪球一样滚动着离开了。

雪人站在空旷的雪地上，闻到空气里弥漫着胡萝卜的味道，她觉得自己是世界上最幸福的雪人。

一只小鸟飞累了，停在雪人的胡萝卜鼻子上休息。

他们一起聊天气情况，聊雪地上的脚印，聊兔子的胡萝卜。

鸟饿了，雪人就让他啄胡萝卜，这是多么有营养的胡萝卜呀！对于雪人，鼻子上站着一只鸟，是非常幸福的事情；而对于鸟，站在雪人的胡萝卜鼻子上，同样是非常幸福的事情。

春天到来的时候，雪人融化在泥土里。

小鸟把吃剩下的半截胡萝卜鼻子种在雪人曾经站过的地方。

　　没有了胡萝卜，兔子在乡下没事情可做，他决定重新回城市生活。

　　兔子经过树林的时候，风仍然静静地吹过，但他看不见雪人了，兔子有些伤感地擦了擦鼻子。

　　鸟来了，他是来照看胡萝卜苗的。在雪人站过的地方，鸟让兔子看一棵绿绿的胡萝卜苗。鸟说，这棵胡萝卜苗，是雪人让他照看的，它属于兔子。

屎壳郎喜欢圆形

　　大家都觉得好冷啊！兔子太太和鼠先生希望得到柴火取暖。可是，到哪里去找柴火呢？这时候，屎壳郎先生推着牛粪来到邻居家里。

屎壳郎先生喜欢缩成一团，把自己变成一个圆球。

他顺着公路一直滚，滚到一个农庄，终于停了下来。他舒展一下身体，笑着说："我喜欢圆形。"于是，他筑了一个圆形的泥房子，快快乐乐地住下来。

他的邻居是勤劳的兔子太太和鼠先生，他们不喜欢圆形，但这并不影响他们和屎壳郎先生的友谊。

春天，屎壳郎先生躺在草地上看邻居兔子太太洗衣服，天空中飘满了圆圆的肥皂泡泡，透明的圆泡泡在阳光下变得色彩斑斓。

当屎壳郎先生忙着追赶肥皂泡泡的时候，兔子太太已经去种胡萝卜了。兔子太太担心地说："屎壳郎先生每天追肥皂泡，到了冬天，会又冷又饿的。"

可是，屎壳郎先生喜欢圆形，他觉得追肥皂泡是一件快乐的事情。

夏天的时候，屎壳郎先生捡到一根铁丝，他把铁丝做成一个铁环，用另一根细铁丝拨着滚动，跑遍了整个农场。

鼠先生说："屎壳郎先生每天都追一个圆铁环，到了冬天他会后悔的。如果他对圆形感兴趣，可以帮我运大豆，我会分给他一些大豆的。"鼠先生种的大豆又大又圆。

　　可是，屎壳郎先生觉得，滚着圆铁环跑遍农场是一件快乐的事情。

　　不过从秋天开始，屎壳郎先生把大部分时间用来寻找牛粪——圆圆的牛粪。

　　兔子太太说："牛粪是垃圾，可是，屎壳郎先生却搬了很多放到自己家里。"

　　鼠先生说："因为牛粪是圆形的，屎壳郎先生的爱好真的非常奇怪。"

正说着，屎壳郎先生推着一个大大的、圆圆的、棕色的牛粪回来，就像滚着皮球。屎壳郎先生喜欢圆形，他觉得推牛粪也是一件快乐的事情。

寒冷的冬天很快就来了，一连下了很多场大雪，大家到雪地上滚雪球。屎壳郎先生做的雪球圆圆的、白白的，他捡来的牛粪圆圆的、黑黑的，把这两种东西放在一起让人觉得怪怪的。

大家都觉得好冷啊！兔子太太和鼠先生希望得到柴火取暖。可是，到哪里去找柴火呢？这时候，屎壳郎先生推着牛粪来到邻居家里。

"给，这是冬天里最好的柴火。"屎壳郎点燃牛粪。啊，原来牛粪可以当柴火烧！一点儿没错，牛吃进去的是草，圆圆的牛粪就像是一团一团的干草。

　　兔子太太和鼠先生说："那些肥皂泡泡、铁丝和牛粪看起来都是些没用的东西，可是，到了屎壳郎先生这里，他却能用来制造出很多的快乐。"他们拿胡萝卜和大豆换了许多许多牛粪。

　　现在，屎壳郎先生点燃牛粪，在温暖的圆形房子里，悠闲地吃着胡萝卜和大豆。他笑着说："我喜欢圆形。"

蓝狐狸的七棵树

　　一根细小的羽毛从树叶的缝隙间盘旋着落下来，阳光照射着这根羽毛，羽毛是黑色的，柔软而美丽。正在哭的是一只美丽的黑色小鸟，她站在绿色的树叶间，像一个黑色音符。

蓝狐狸家附近有一排树，笔直笔直，像宝塔一样高高地站成一排，树干上标着数字:1、2、3、4、5、6、7（哆、来、咪、发、嗦、拉、西）。七棵树上有七个鸟窝，住着一群鸟。

　　每次蓝狐狸从树下经过的时候，都会有鸟粪落到他头上，蓝狐狸总是憋足了劲儿，像经过封锁线一样冲过这七棵树。

这七棵树，站在这里真麻烦。蓝狐狸想查一下树的来历，如果不是山上的老虎（他怕老虎）或者村里的人们（人们有不准砍树的规定）种的，蓝狐狸就决定砍了这七棵树。

结果，树的来历让蓝狐狸很吃惊，这些树居然是蓝狐狸的爷爷种下的。

"也就是说，这七棵盛产鸟粪的树是我的？"蓝狐狸远远地望着七棵树，不相信地问自己。

"是的，这是蓝狐狸家的树。"蓝狐狸决定砍树。

他想用这七棵树造一间木头房子，还要有木床、木桌子、木椅子……哦，这一定是温暖的、充满了树木清香的房子。

蓝狐狸越想越快乐，他取出锯子、斧子、绳子、铲子、刨子……

七棵树上的鸟慌张地叫着，他们在这里出生，学会飞翔，长成大鸟，又生出鸟宝宝……

所以，蓝狐狸来的时候，他们一起用鸟粪袭击他："谁要破坏我们的家，谁就会是这样的下场。"

"这是我的树。"蓝狐狸辩解说，"你们这些不讲卫生、不讲理的鸟。你们等着，明天我还会来的。"

第三天，蓝狐狸又取出锯子、斧子、绳子、铲子、刨子……当然，为了抵御鸟粪，他戴上了帽子，穿上了袍子。

蓝狐狸来到树下，这次显得有些奇怪，他没有听见鸟叫。

安静——

安静得只有风吹树叶的声音。

蓝狐狸拿出锯子，嘴里嘀咕着："要锯下这些树可不是一件容易的事，呵呵；如果锯不倒，就要用斧子砍，呵呵；如果砍不倒，还要用绳子拉，呵呵；树根还要用铲子挖出来，呵呵；树的节疤要用刨子刨平，呵呵。"

"呜——呜——都是因为我，我把鸟粪拉在蓝狐狸的头上了，害得大家的家要没有了。"树上传来小鸟的哭声。

"是谁在哭？"蓝狐狸抬头看。

一根细小的羽毛从树叶的缝隙间盘旋着落下来，阳光照射着这根羽毛，羽毛是黑色的，柔软而美丽。正在哭的是一只美丽的黑色小鸟，她站在绿色的树叶间，像一个黑色音符。

蓝狐狸突然想：为什么我想到这七棵树就想到鸟粪？我怎么

从来没有想过美丽的羽毛、欢乐的鸟叫？他突然不想要温暖、清香的木头房子了。他收起锯子、斧子、绳子、铲子和刨子，然后憋足了劲儿，像经过封锁线一样冲过这七棵树。他回头望着七棵树，心中默默地数着:1、2、3、4、5、6、7（哆、来、咪、发、嗦、拉、西）。他想：这些树是爷爷留下的，但不只是留给我的。

兔子萝里

　　和所有的兔子一样，每天早晨，萝里会在车前草旁边拉大便，接着吃青草，然后大家在灌木中捉迷藏，最后排成一排，在小溪边弯弯腰、踢踢腿、摆摆耳朵，做兔子操。

萝里是一只小兔子，和所有的兔子一样，每天早晨，萝里会在车前草旁边拉大便，接着吃青草，然后大家在灌木中捉迷藏，最后排成一排，在小溪边弯弯腰、踢踢腿、摆摆耳朵，做兔子操。

　　萝里在倒影里发现自己的耳朵比其他兔子的短，真的，短很

多，这让萝里非常吃惊。

很久以前，他就听说，兔子和老鼠长得非常像，而区分他们的重要标记是兔子的耳朵长，老鼠的耳朵短。他担心大家看他耳朵短，会瞧不起他。更加糟糕的是，他怕大家误以为他是鼠类。

萝里再也不愿意把耳朵高高地竖起了，他耷拉着耳朵，心情特别差。终于，他决定不当兔子了。

他把自己化装成灰狗的模样，狗的耳朵大部分比兔子的短，而且大部分时间都耷拉着。

早晨醒来，萝里和狗一起到狗尾巴草旁边拉大便，接着狗啃骨头，他就去一边吃青草，然后，在城市的高楼之间捉迷藏，最后，

和狗排成一排，坐在公园的长椅上读报。

一个小男孩走过公园的长椅，尖叫着："看，这里有一只短尾巴狗。"

萝里扭头看看，发现狗在读报的时候都竖起了长长的尾巴，有的还把尾巴卷成了一个圈，很优雅的样子。

萝里的心情更加糟糕，他决定不当狗了。

他把自己化装成一只熊，熊的耳朵和尾巴都很短。

早晨醒来，萝里和熊一起到蒲公英草旁边拉大便，接着熊啃玉米，萝里就到一边吃青草，然后，在大树林里捉迷藏，最后，和熊排着队到城市里买像棍子一样长的面包吃。

冬天到来的时候，熊带着长长的面包进树洞冬眠了。萝里不愿意进黑黑的树洞。一只年长的熊说："我早知道你是兔子，可是，你为什么要当熊呢？做自己才是最快活的呀。"

萝里祝熊在冬天里有一个好梦，然后和熊说再见。

接下来的日子，萝里把自己关在家里。他想起狗啃骨头，他到一边吃青草的日子；想起熊啃玉米，他到别处吃青草的日子。这些日子让他感到不那么快活。他惦记起和兔子们一起吃青草的日子。

于是他来到屋外，屋子外面已经一片雪白，兔子们在雪地上堆雪人。

一只兔子说："有谁看见那只耳朵有些短的兔子了？去年，他堆了一个胡萝卜鼻子的雪人，最棒了。"

一只兔子发现了萝里，把头转向萝里，说："就是他。"

　　原来大家早知道他是短耳朵的兔子了，大家没有看不起他，更没有把他当成鼠类。

　　萝里竖起有些短的耳朵，和兔子们一起堆雪人，他觉得自己是一只快乐的兔子。

第十二只枯叶蝶

在这个刮风的日子里,第十二只枯叶蝶开始惦记起自己的同伴,不过,留下来和乌鸦做朋友,枯叶蝶永远都不会后悔。

十二只枯叶蝶悄悄地住在一棵树上，他们枯黄的外衣就像秋天的树叶，连住在树上的乌鸦也不知道树上还住着枯叶蝶。

　　乌鸦站在树枝上数着叶片："一片、两片、三片……"乌鸦数困了，就睡着了。

枯叶蝶们开始商量："天已经很冷了，从明天起，我们就可以像树叶一样飘落到地面，然后找地方藏起来。"

第二天，十一只枯叶蝶已经躺在树下的落叶堆中了，就剩下第十二只动作最慢的枯叶蝶还依然留在最高的树枝上。

乌鸦一觉醒来，看见树枝上只剩下一片树叶了，叹了口气说："啊，就剩下你一片了。你的颜色这么枯黄，你是留下来陪我的吧？"

十一只枯叶蝶焦急地在落叶堆中向第十二只枯叶蝶眨着眼睛，晃动着触须，他们在催促他快快离开树枝，来到伙伴们中间。

第十二只枯叶蝶却一直都没有动，他对伙伴们说："乌鸦邀请了我，就让我留下来做一片不会飘落的树叶吧。"伙伴们只好都飞走了。

夜晚，月亮挂在树梢，枯叶蝶像树叶一样在风里簌簌地抖，他从最高的树枝挪到了最低的树枝上，那儿的风小一些。

乌鸦看不见树顶的叶片，很失望。他独自讲起了自己的故事："去年冬天，光秃秃的树杈上只剩下一个鸟窝，鸟窝里只住着一

只乌鸦，乌鸦对着冷冷的月亮，觉得好寂寞。那只乌鸦就是我。"

枯叶蝶听着乌鸦的故事，悄悄地停在乌鸦眼前的树枝上。

乌鸦睁大了黑豆一样的眼睛说："呵！我知道你就是树顶的枯树叶。一定是你太顽皮从树顶跌落到这里来了。可是你别怕，我会好好照顾你的。"

夜晚，刮起了大风，乌鸦在暖乎乎的窝里，惦记着外面的"枯树叶"："枯树叶，枯树叶，你不是会走吗？你自己走到我的窝里来吧。"

枯叶蝶感觉就像树叶一样飘进了乌鸦的窝里。

乌鸦惊奇地发现，这片枯叶原来是只美丽的蝴蝶，他那枯叶一样的翅膀打开后就像花儿一样鲜艳、美丽。乌鸦用温暖的翅膀替他挡风。

在这个刮风的日子里，第十二只枯叶蝶开始惦记起自己的同伴，不过，留下来和乌鸦做朋友，枯叶蝶永远都不会后悔。

乌鸦的新衣

　　乌鸦特别高兴，他穿着涂了泥浆音符的新衣服，到处飞来飞去，把快乐的歌带到森林、草地和城市……

乌鸦穿着条纹衬衣在河边散步，他的心情特别好。

　　螃蟹正巧在河边爬来爬去，像在动脑筋，看见乌鸦就打起了招呼：“你好，乌鸦，你穿上条纹衬衣真是太帅了。”螃蟹打招呼

的时候，像老朋友一样拍着乌鸦的背，乌鸦的背上留下了一行行黑色的小泥点。

乌鸦不知道，继续散步，走过村庄的时候，小猫悄悄地跟在了后面。

乌鸦什么也没发现，背着手继续散步，小狗跟在后面。

乌鸦还是不知道，踱着步继续散步，小羊跟在后面。

乌鸦的身后，不知不觉地跟了一大群小动物：小牛、小猪、小鸡……

走得很远了，乌鸦就想回家去了，他转过身体，看见这么多动物悄悄地跟在身后，奇怪地问："你们为什么都一声不响地跟着我？"

小猫说："我们怕打扰你散步，所以悄悄地跟着你。"

小狗说："我们在看你的背。"

"我的背？我的背后有什么秘密？"乌鸦继续问。

小羊说："你的背上有一首歌。"

"一首歌？"

小牛、小猪、小鸡说："我们忍不住了，我们现在就要唱。"

大家就真的唱起了同一首歌。小猫用"喵——"的声音来唱；小狗用"汪——"的声音来唱；小羊用"咩——"的声音来唱；"哞——""啰——""叽——"……

"多么美妙的大合唱呀！"乌鸦高兴极了,也奇怪极了,"可是,这美妙的大合唱就在我的背上,这是怎么回事呀？"

“你的背上有五线谱。”大家一起说。

乌鸦脱下新衬衣，呵，衬衣的条纹上的泥点儿像一个个音符。乌鸦就想起了螃蟹，呵，住在河底的螃蟹原来是一位天才的音乐家。

大家就都穿着条纹衣服去河边找螃蟹，螃蟹在河边爬来爬去，像在寻找东西。

螃蟹看到乌鸦，一拍脑门，说：“嗨！我找到了，我把歌写在你的衣服上了。”停了一下，又说，“对不起，我不是故意的。”

螃蟹先生真的不是故意的，螃蟹先生对着乐谱的时候，脑子里常常一片空白，到了有歌要写的时候，偏偏找不到写的地方，于是就到处乱写。过一天，螃蟹先生就四处找他的歌。荷叶上、河边的青石上，说不定都会有螃蟹先生丢的歌谱呢！

“螃蟹先生，下次你把歌忘在我的衣服上，好吗？”小猫说。

“还有我，还有我……”大家都希望衣服上有一首快乐的歌。

乌鸦特别高兴，他穿着涂了泥浆音符的新衣服，到处飞来飞去，把快乐的歌带到森林、草地和城市……

斑马生活在城市

人们在恢复了原样的城市里平静地生活着。但是，我开始想念起那匹斑马，想起他黑白条纹的身影出现在城市的任何一个角落。

我生活的城市里，住着一位斑马先生，他常常向我抱怨说：
"为什么这个城市里有那么多的人，那么多的汽车，那么多的房子，
那么多的老鼠，而只有我一匹斑马？"

　　我不知道怎样安慰斑马，确实，整个城市都被人类占据着，

只住着一匹斑马。

　　他浑身黑白的条纹，站在城市的任何一个角落，都很容易被人们发现。

　　他依靠粉刷维持生活。

　　冬天的时候，斑马先生给树干刷白色的石灰。斑马先生刷了整整一夜，一直到天亮，他把整个城市里的树都刷成了黑白条纹。

　　人们看见这些黑白条纹的树，惊奇地说："啊，一定是斑马先生刷的。真好！"

　　于是，当斑马先生给汽车喷漆的时候，把汽车也都漆成了黑

白条纹。

　　人们看见斑马先生喷过漆的汽车，高兴地说："啊，一定是斑马先生喷的漆，真有趣啊！"

　　斑马先生开始粉刷这个城市的每一幢房子。他把房子也粉刷成黑白条纹的房子。

　　人们住在斑马先生粉刷过的房子里，不高兴地说："事情开始变得糟糕了，这个城市要变成斑马的城市了。"

　　斑马自己也不高兴起来，他发现，整个城市都是黑白条纹的，他站在城市的任何一个角落，人们都很难找到他。大家说："那匹斑马到哪儿去了，他把我们的城市弄得乱七八糟，自己却躲起来了。"

　　斑马伤心起来，他用很多天把所有的房子、车子和树都恢复成了原来的颜色。

　　人们在恢复了原样的城市里平静地生活着。但是，我开始想

念起那匹斑马，想起他黑白条纹的身影出现在城市的任何一个角落。

有一天，我看见在马路上的地上出现了一道道黑白的线。"啊，这是斑马画的线，是斑马线，那匹斑马，他一定还在我们城市的某一个角落。"

大鲸鱼在海边

　　大鲸鱼就要回家了，他游到大海中间的时候，喷了一个大大的水柱，就像公园里的喷泉，那是他在向大家告别呢！

海边可真热闹哇！大钳子海蟹、慢吞吞海龟、小扇子海贝都在爬来爬去捉迷藏，他们笑啊，唱啊，可快乐了。一条生活在深海里的大鲸鱼听到笑声，想：等到了海水涨高的时候，我一定也

要去海边玩一玩。大鲸鱼就这样靠近了海边。

海边从来没有来过大鲸鱼，小动物们很害怕，一下子全都躲起来了。大鲸鱼又想：他们一定是在和我捉迷藏，让我去找他们。是的，他看到海蟹藏在岩石后面，只露出毛茸茸的后腿；海龟把自己埋在沙子里，只留一对眼睛在沙地上。

大鲸鱼向沙滩游过去，像一条大船稳稳地靠了岸。这时候，海水落潮了。大鲸鱼就这样留在了沙滩上。

太阳火辣辣地烤着沙滩，大钳子海蟹、慢吞吞海龟、小扇子

海贝都要回家去了，他们说："大鲸鱼好像睡着了，我们从他身边绕过去。"当他们经过大鲸鱼身边的时候，听到一个微弱的声音："快救救我，我快要死了。"啊，大鲸鱼闭着眼睛，真的快要死了。

大钳子海蟹说："大鲸鱼是为了找我们玩才来到沙滩上的，我们应该救他。"小扇子海贝说："可是，他那么大，我有些怕。"慢吞吞海龟说："大鲸鱼已经没有力气了，我觉得他一点儿也不可怕，很可怜。"

大家开始动手抢救大鲸鱼。

慢吞吞海龟请来许多的海龟兄弟，他们从大海里背来一桶桶的水，浇在大鲸鱼的身上和嘴里，这样大鲸鱼就不会干死了。大钳子海蟹和小扇子海贝找来许多海蟹和海贝朋友，像"蚂蚁搬豆"一样，搬大鲸鱼的身体，可是，不行，大鲸鱼实在是太重了，大家费了好大的劲儿，大鲸鱼仍在原地。大家只好学海龟不断往大鲸鱼身上浇水。太阳还在火辣辣地烤，海龟们也快撑不住了。

"我们得找别人来帮忙。"慢吞吞海龟提议。大钳子海蟹马上说："我认识小猴子，就住在沙滩边上，我找他帮忙。"

大家找来了小猴子，小猴子看着搁浅的大鲸鱼说："光凭我们用力搬肯定是不行的，我们可以用绳子拉。"于是小猴子找来了绳子，大家把绳子系在大鲸鱼的身体上，小猴子喊："一、二、三——"大家就开始拉，可还是不行。

小猴子想了想，又请来了大象，大象帮忙一起用力拉，还是拉不动。大象说："光凭我们用力拉是不行的，我们还可以在大鲸鱼的身体底下垫上圆圆的木棍，然后再拉。"

大象找老虎帮忙，老虎和大象一起搬来许多的木棍，他们把木棍塞进鲸鱼身体底下松软的沙子中。

　　老虎说："别光拉呀，有时候，推要比拉更省力。"于是，大伙有的拉，有的推。

　　大鲸鱼的身体真的开始动了，大家就用这样的办法，把大鲸鱼运回了大海里。大鲸鱼一到海里，就醒过来了，他感激地说："真没想到，我只到过一次海边，就能认识这么多热情又聪明的好朋友。"

　　大伙都说："欢迎你到海边玩，只是别太贪玩忘了回家。"

　　大鲸鱼就要回家了，他游到大海中间的时候，喷了一个大大的水柱，就像公园里的喷泉，那是他在向大家告别呢！

小丑洛卡

　　狮子先生为洛卡重新化妆成另外的小丑，这一回啊，干脆把洛卡变成红眉毛绿耳朵了，模样更怪了，洛卡说："化吧，化吧，把我化得越丑越好。"

大熊洛卡独自走在森林里，他大声问："这样大的森林里，有没有我的朋友？"因为洛卡是一头熊，是一头身体大大的、嗓门高高的熊，大家见了他都拼命地逃走了。

　　"我不要做大熊了。"洛卡到森林里找到了美容师狮子先生，对他这样说。

　　狮子先生问："那你要做什么呢？"

　　"随便吧，怎么能不像熊，你就怎么弄吧。"洛卡说。

　　狮子先生的化妆水平真的有些糟糕，但听到洛卡这样说倒是很高兴，他说："那就好办了，我可以随便弄了。"狮子先生就开始为洛卡化妆了。

　　等狮子先生化完妆，洛卡就坐到镜子前去看："这是谁呀？"洛卡指着镜子问狮子先生。

　　狮子先生说："这是小丑洛卡啊！"

　　狮子先生好欣赏自己的作品呀，这可是他第一次化这么成功的妆。

　　小丑洛卡就这样走进了森林里。

　　小丑洛卡有着宽宽的嘴巴，圆圆的鼻子，小小的眼睛，样子真滑稽。他在森林里刚一出现就被大家包围起来了。

"洛卡，他和大熊叫一样的名字，可是，他比大熊温柔多了。"小猴这样说。

"你一定是从马戏团出来的！嗨，你能为大家表演一个节目吗？"小鹿提议说。

"我当然可以了，我会表演鼻子上顶东西。"洛卡回答着。

"那好啊，你顶水壶怎么样？"小猴拿出了一个水壶。

洛卡就用鼻子顶水壶，他把水壶倒过来放在鼻子尖上。刚刚放上去，水壶的盖子就掉了。水洒了出来，洒在洛卡的脸上，洛卡脸上化的妆花了，要露馅儿了。

洛卡用手臂环住了脸，蹲在地上不肯起来了，大家以为洛卡是故意这样表演逗大家笑的，就"哈哈"地笑个不停。

等大家笑够了，就去拉洛卡，洛卡露出了原来的样子。

"啊，是大熊洛卡，他是大熊洛卡！"大家都叫起来，但是大家并没有想逃走。

洛卡却逃了，他逃得可快了，后面的小动物追也追不上，一直追到狮子先生那儿。

狮子先生为洛卡重新化妆成另外的小丑，这一回啊，干脆把洛卡变成红眉毛绿耳朵了，模样更怪了，洛卡说："化吧，化吧，把我化得越丑越好。"

当动物们看见洛卡扮演的红眉毛小丑时，再没有一个人笑了，大家把他围在中间说："我们知道你就是大熊洛卡，我们愿意和你做朋友。"

"真的？"洛卡高兴得跳起来。

"是的。"小动物们怎么会不愿意有这样一个朋友呢？

　　后来，大熊洛卡真的很愿意扮演小丑，为大家表演节目，他的化妆师当然还是狮子先生喽！

蔷薇别墅的老鼠

　　他，流浪了许久的老鼠班米，也静静地坐在蔷薇花下面，流着眼泪，就像许多年以前蔷薇小姐为他流泪一样。

老小姐蔷薇独自住在城郊的一座别墅里。她很少说话，她曾经收养过蜗牛、鸟、狗和一个年轻的男人……但是，他们只是在别墅里养好他们的伤口，然后就离开了，再也没有回来过。

一个冬天，蔷薇小姐收养了一只老鼠。老鼠的名字叫班米，他最大的爱好就是搬别人的米。所以，他是一只不受欢迎的老鼠，一直流浪了很多年。为了结束这种生活，他拖着他的小皮箱敲开了蔷薇别墅的门。

蔷薇小姐看了看老鼠破旧的皮箱，皮箱的四个滑轮已经少了一个，看起来经不起拖拉了。于是，蔷薇小姐说："如果你保证不咬坏我的木栅栏，不咬坏我的窗帘，我就同意你住在这里。"

班米保证自己不咬木栅栏和窗帘。如果牙齿实在痒痒了，他可以到屋外找一些高粱秆儿之类的嚼一嚼。

蔷薇小姐觉得班米至少会住到明年春天，所以她准备了足够吃整个冬天的面包和果酱。当她和班米面对面坐在餐桌旁的时候，她很高兴这个冬天有了一个伙伴。

班米把自己的房间安排在地窖里，这是他自己的选择。尽管这样，他那些野外的田鼠朋友仍然称呼他是"住在别墅里的班米"。

到了春天，班米再也不愿意离开地窖了，他太喜欢那里的瓶

瓶罐罐了。他把别人的米搬回来，装到那些罐子里，他还用瓶子酿米酒。他不再和蔷薇小姐一起坐在餐桌旁吃饭，他更加喜欢在地窖里喝得大醉。

直到有一回，蔷薇小姐到地窖里去取果酱，发现班米直挺挺地躺在地窖的楼梯旁，一动也不动。蔷薇小姐摇着头说："唉，可怜的班米，好久没有看见你了。但是，我知道你一直就住在这里。尽管你有一些缺点，但我不会把你丢出去喂猫的，我会好好儿埋葬你。"

蔷薇小姐在一簇洁白的蔷薇花下面挖了一个小小的坑，然后拎着班米长长的尾巴，准备把他埋葬在那里。这时候，班米醒过来了，他看见了蔷薇小姐流泪的眼睛。班米惊呆了，他从来没有想过会有人为老鼠的死流眼泪。

班米决定改变自己的生活方式，他要好好儿地陪伴蔷薇小姐。

可是，黑猫皮拉突然出现了。作为一只猫，皮拉最大的缺点是不会轻声走路。因为这个，他一辈子都没有捉住过老鼠。

皮拉对蔷薇小姐说："我是一只碌碌无为的猫。现在我老了，没有人愿意收留我，请你留下我吧。"

蔷薇小姐说："我理解你。但是，我这里已经住了一只老鼠，我不希望我的别墅里天天发生战争。"

皮拉很生气，他开始发脾气。半夜里，他大声地在别墅的屋顶上走路，他让高大的身影顺着月光投射在别墅的地板上。但是黑夜里最让人害怕的是孤独，蔷薇小姐并不在意皮拉的这些举动。

皮拉就在别墅的篱笆上窜来窜去，把蔷薇花瓣打得漫天飞。

在拍打蔷薇花的时候，皮拉把自己的爪子弄伤了。

蔷薇小姐把皮拉抱进别墅，取出白纱布，把他受伤的四只黑爪子一层一层地包起来。

班米这时候开始收拾自己的皮箱，他对蔷薇小姐说："我又要去流浪了，我走了以后，您让皮拉住进来，他比我更加适合您。"

班米伸出他的手，他戴了一副小小的白手套，和皮拉缠满纱布的爪子拉了拉，然后就离开了蔷薇别墅。

从那以后，班米去过很多地方。他酿造的米酒常常让猫喝醉，

但是他自己再没有醉过。

他一直想念着蔷薇小姐，他突然很担心黑猫皮拉和蜗牛、鸟、狗一样，养好了伤就离开蔷薇别墅。

他焦急地回到蔷薇别墅，看见那只走路很大声的黑猫皮拉静静地坐在蔷薇花下面。花瓣一片一片落在黑猫身上，但是黑猫仍然一动也不动。

皮拉，这只从来没有捉住过老鼠的猫看着老鼠班米，眼睛里流出泪水。

看着蔷薇花最后一片花瓣落下来，班米明白，他再也见不到蔷薇小姐了。

他，流浪了许久的老鼠班米，也静静地坐在蔷薇花下面，流着眼泪，就像许多年以前蔷薇小姐为他流泪一样。

抽屉里的小纸人

下雨天的城市里，只有这扇窗户开着，这是男孩遥遥房间的窗户。自从小纸人出门后，这扇窗户就一直为她开着。遥遥斜着头睡在枕头上，在他的身边打开了一本很大的图画书。

男孩遥遥在纸上涂呀，画呀，他把这些画藏在书桌的抽屉里。有一天，他打开抽屉……

"啊——"他惊呆了。

抽屉里站着一个小小的纸人，她穿着彩色斑点的连衣裙，梳着两根翘翘的羊角辫。

"嘿！我要出去！"小纸人对着遥遥又吵又闹，又唱又跳。

"你是谁？你从哪儿来？"遥遥觉得奇怪极了。

"嘿！我说你怎么了？连我都不认识，我是你画的呀！"小纸人自己介绍自己。

"你怎么是这样子的？细胳膊细腿的。"遥遥说。

"这就要问你了。嘿，所有的孩子都像你这样笨吗？连手指都没有给我画。"没有手指的小纸人对着遥遥生气地说。

"对不起，你赶紧回到纸上，我给你画上。"遥遥说。

小纸人回到纸上，遥遥用粉红色蜡笔给她画了手指。小纸人高兴了："我有手指喽！"说完，就举起手臂张开手指，像肥皂泡一样满屋子飞动着，一会儿就飞到窗户外面去了。

"你快回来！你还什么都没学会。"遥遥大声叫着，"如果别人以为你是蜻蜓就没有问题，如果别人以为你是蝗虫那就糟糕

了。"

可是，小纸人已经飞远了。

"小纸人，祝你一路平安！我会打开窗户等着你回来的。"遥遥希望他的这句话能追上小纸人。

小纸人像蝴蝶一样飞来飞去。当她飞过一棵树的时候，挂在了树枝上，就像一片彩色的树叶。

"这是什么地方？"小纸人问自己，她没有发现周围有什么动静。

"哈哈，这片树叶有些怪，我在这树上住了那么多年，从没有看见过彩色斑点的叶子。"树叶中，露出了小鸟尖尖的嘴巴。

小鸟对着"树叶"闻了又闻："嗯，真香呀。"小纸人身上有蜡笔的香味。小鸟的口水都流了下来，她对小纸人说："我知道，一只好鸟是不应该吃树叶的，不过，我太喜欢你身上的味道了，就舔舔吧。"小鸟伸出像柳树叶一样的舌头，舔了舔："哇——好辣！"小鸟这才发觉自己弄错了。

"你不是树叶？"小鸟非常生气地问。

"当然不是，我是小纸人。"

"那你就不应该挂在树上冒充树叶。"小鸟很霸道地说。

"我没想冒充树叶，我只想住在这棵树上。过几天，我还要在树杈上造一间小屋，和你的鸟窝一样。"小纸人说。

当天气越来越冷的时候，树上的叶子一片一片往下飘落。变得光秃秃的树杈上有两间小小的屋子，一间是小鸟的圆屋子，另一间是小纸人的尖屋子。

小纸人第一次觉得自己需要和别人说说话，她叩开了小鸟圆屋子的门。

小鸟说："进来吧，想和别人说话就是需要朋友，在冬天里有一个朋友真是太好了。"

那一天，小纸人和小鸟说了很多很多的话。小纸人觉得这是离开抽屉以后最快乐的一天。

暖和的日子，小鸟说："我该出去做一些事了。"

小纸人也飞了出去，她飞得很低很低。一只长满毛的大钳子抓住了她，大钳子是红螃蟹的，她刚好需要一张纸片。

红螃蟹说："我好不容易找到纸片，帮我个忙好吗？"

"可以，但我必须告诉你，我不是纸片，我是小纸人。""小纸人"三个字，她说得特别响。

"对不起！我重新去找纸片。"红螃蟹打算放弃小纸人。

"不，我正想找件事情做。"小纸人说。

红螃蟹就用灌满黑泥浆的鹅毛笔在纸上"唰唰唰"写下了这样一行字：这是红螃蟹的家。然后把纸钉在自家门上。红螃蟹做完这一切，长长地舒了一口气，放心地出门了。

小鸟找到小纸人的时候，摇着头说："在这儿当留言条，你就哪儿都去不成了，身上的颜色还会变得暗淡。"

"不，我答应替红螃蟹看门的。"小纸人说到做到，她哪儿也不去，一直站在红螃蟹家的门上。

第二年春天，红螃蟹从遥远的地方回来了，还带回来一大群小螃蟹。老远老远，小螃蟹们就看到了门上的小纸人，叫着嚷着："我们的家到了。爸爸，一个小纸人在为我们站岗。"

螃蟹爸爸谢过小纸人，吐出一团泡沫，擦干净小纸人身上的泥浆字，然后把她轻轻地放了下来。

　　做完了一件事，小纸人回到了树上，望着天空中飘浮的云朵，她感到特别快乐。

　　在一个下着小雨的夜晚，尖屋子里的小纸人怎么也睡不着。

　　"睡不着就是在想念。"小鸟说。

　　"想念？"小纸人从来不知道什么是想念。

　　"比如，会想念好久没有见过的人，还会想念自己的老家。

我想念出生的竹林。"

　　"我明白了。"小纸人说这话的时候，已经飞进了雨里。

　　"外面下着雨，你快回来！"小鸟希望这句话能追上小纸人。

　　小纸人在雨里飞着，身体渐渐变湿、变沉，她一头飞进了一扇亮着红色灯光的窗户。

　　下雨天的城市里，只有这扇窗户开着，这是男孩遥遥房间的窗户。自从小纸人出门后，这扇窗户就一直为她开着。遥遥斜着

头睡在枕头上，在他的身边打开了一本很大的图画书。

这是一本画着厨房的图画书，小纸人轻轻地飞进了书里的厨房，钻到烘手机下面把自己烘干。她感觉自己很饿，打算为自己做一顿可口的饭菜。

一会儿，图画书里冒出了一缕烟雾，还飘出一阵阵香味。小纸人拿起画里的小盘子、小汤勺开始了她的晚餐。

"啊！什么东西这么香！"书本外传来一个尖尖的怪怪的声音。

接着，书本被拖到地上，小纸人看见一只龇着牙、腆着大肚子的老鼠站在地板上，她的脚上沾满了泥巴。

"啊！我刚从垃圾堆过来，那儿什么也没有。小东西你应该

邀请我和你共进晚餐。"老鼠的口水已经流了下来。

"不行，你会连书本一起啃掉的。"小纸人不允许老鼠咬坏遥遥心爱的书。

"是吗？你不邀请我，我先把你撕烂。"老鼠凶巴巴地说。

"那也不行。"小纸人还是拦在厨房的门口。老鼠向她伸出了脏爪子，三两下就把小纸人撕了个稀巴烂。"世界上再也没有小纸人了。"老鼠把碎片也塞进嘴巴里咬，"啊呸——呸——呸呸呸——"老鼠咬到了小纸人身上的蜡，"太苦了！把我的胃口都弄坏了。"老鼠气鼓鼓地走了。

第二天，遥遥睡醒了。他在地板上找到了自己的书，还看到了老鼠的爪印："哦，一定是老鼠干的坏事。"他发现书本里的厨房变了模样，一把汤勺从书里掉了出来，掉在窗前的地板上，汤勺边上正是被撕碎的小纸人。

"小纸人，我知道你一定会回来的。"遥遥拿来胶水，疼爱地把小纸人一点儿一点儿粘起来，然后用蜡笔重新仔仔细细地涂了一遍。

小纸人复活了，她仍然住在抽屉里，遥遥从不把抽屉关上。小纸人可以随时飞出去找她住过的树和她的朋友玩。

有时候，小纸人没有出门，遥遥也找不到她的身影，那是因为小纸人总爱躲在书中田野的草垛里，她呀，刚刚学会了和遥遥捉迷藏呢！

树叶兔

　　树上飘下一片树叶，啊，秋天到了，秋风起来了，吹吧。如果那些树叶一起想着当一只兔子的时候，新的树叶兔就会形成，米粒一家仍然会把他带到家里，像爱原来的树叶兔一样爱他。

树叶兔常常躲在树洞里，他把两只长长的耳朵留在树洞外面，听风吹过树洞的声音，看上去，像是树干上长出了两片长长的树叶。

树叶兔的身体非常轻，风再来的时候，他必须要躲进树洞、抱住树干，或者用力抓住地上高大的草。哦，这听上去很麻烦，却是必须要记住的。

要不然的话，他将成为少掉一只耳朵的兔子、没有尾巴的兔子，或者更加严重一些，干脆就变成没有身体的兔子。哦，这是想都不能想的结果。

不过，这样提心吊胆的日子很快就会过去了。因为，树叶兔遇到了米粒，一个七岁的小女孩。

米粒看见树叶兔的时候，树叶兔正紧紧地抓住一棵狗尾巴草，他和狗尾巴草一起被风吹起来，看上去像是横着悬挂在半空中的卡通兔子。

"在城市里，风要比这里小得多。"米粒说。

"如果你可以带我进城，我会考虑的。"树叶兔抓住狗尾巴草像抓住了救命稻草，这样的日子他想尽快结束。

米粒好希望这只棕色的兔子能跟她回家："如果你进门的时

候能擦干净脚，不让地板上留下脚印，也不随便大便，我的妈妈会同意你住在我家里的。"

树叶兔向米粒保证他是讲卫生的兔子。

米粒把树叶兔带到爸爸妈妈面前。

"我想带一只兔子回家。"米粒带着棕色的树叶兔对她的妈妈说。米粒的妈妈是大学生物教师，她收集了一些森林里的红色和黄色的树叶。

"可是，他是野兔子。"米粒的妈妈头也不回地回答。

"我想带一只兔子回家。"米粒带着棕色的树叶兔对她的爸爸说。

"如果兔子愿意，我没有问题，我还想带猴子回家呢，可是，他们不会同意。"米粒的爸爸是画家，他正在画一只生活在这里的猴子。

"我真的会带一只兔子回家的。"米粒重新对她的爸爸和妈妈说。

爸爸和妈妈终于抬头看到即将成为他们家成员的兔子。啊，他们都惊呆了，他们从来都没有看见过棕色的兔子。

"真是奇特的兔子，我从来没有想到兔子还可能是这样美的。"米粒的爸爸很想画下这只兔子。

米粒的妈妈就更加希望这只兔子住在她家里了："如果你愿意讲讲你的故事，我会更加欢迎你的。"

"不！"树叶兔说，"我早听说人类喜欢打听别人的秘密，可是我不想说自己的过去，不要猜我是怎么来的，否则——"

"妈妈——"米粒打断了妈妈，她怕妈妈提更加多的要求，使得树叶兔不愿意跟她回家。

事实上，米粒的妈妈对人的秘密一点儿也不感兴趣，她只是对动物和植物的秘密感兴趣。她希望能得到一根棕色的兔子毛，但是，她觉得向一只兔子要一根毛虽然不是什么大不了的事情，但有些没有礼貌。

"只要他住在我们的家里，你会在地板上、床上找到棕色的兔子毛的。"米粒的爸爸在妈妈耳边轻轻地说，他怕纠缠着要兔

子毛，吓跑了树叶兔，他想画树叶兔的愿望也就落空了。

树叶兔没有想到人类对他会这样热情。

米粒也没有想到爸爸和妈妈会这样热情地对待树叶兔。

米粒的妈妈说："你可以在地板上随便走。"

米粒的爸爸说："你可以随便看我的画册。"

妈妈接着说："你可以在床上随便打滚儿。"

爸爸接着说："你可以在我的画册上摁你的手印，哦，是前爪印。"

妈妈又说："你还可以用我的梳子。"

爸爸说："当然，你可以用我的画笔。哦，不，画笔还是不要动的好，你可以随便用我的牙刷，对，是牙刷。"

连米粒也不能随便用爸爸的牙刷，因为爸爸的牙刷有时候也用来画画，比如蘸上颜料，用一把小刀片刮牙刷，白纸上就会出现均匀的喷色。

树叶兔很快就在地板上走过了，但是，没有留下脚印，不过他看爸爸画册的时候，在画册上留下了爪印。他也在床上打过滚儿了，但是，没有落下棕色的兔子毛。不过，他终于在梳理耳朵边毛毛的时候，在梳子上留下了一根棕色的毛。

爸爸很快就发现了画册上的爪印，这是什么爪印？明明就是一片树叶的叶脉印。

妈妈也很快对那根棕色的兔子毛进行了化验，发现了植物纤维。也就是说，树叶兔不是真正的兔子，他具备植物的特征。

太奇怪了，本来，米粒的妈妈猜测，树叶兔是吃了一种植物的花，这种植物的花可能会有很多颜色，他吃了棕色的花所以变成了棕色兔子，如果吃了红色的花，就可能是红色兔子了。按照这个想法，可以让羊也吃这样的花，世界上有了彩色的羊、彩色的兔子，根本就不需要染色，我们就可以得到彩色的羊毛和兔毛了。

但是，事实上，米粒的爸爸和妈妈已经知道树叶兔的来历了。

米粒的妈妈对爸爸说："不要说出兔子的来历，否则他会随着风消失的。"

米粒的爸爸更加热情："去吧，树叶兔，让米粒带你去跑步。"

米粒的妈妈也更加热情："去吧，树叶兔，让米粒教你跳绳。"

运动，运动或许可以使树叶兔变成真正的兔子。

于是，每天，米粒和树叶兔一起跑步，和树叶兔一起跳绳。树叶兔真的变得健壮起来，他忘记曾经在风中哆嗦的日子了。

时间悄悄地经过了一年，树叶兔和米粒一起走过了许多日子，他们一起长大，树叶兔觉得自己像一只真正的兔子了。

一个晴朗的早晨，天气很好，没有一丝风。

树叶兔和米粒背对着背靠在公园的一棵大树上休息，树叶兔说："我一直都在躲避风，其实，是风让我成为兔子的。"

米粒听不懂树叶兔的话。

树叶兔不需要米粒听懂，他继续说："和人类做朋友真好，有一个家真好，家是躲避风雨最好的地方。"

米粒想象着树叶兔说这些话的时候，他长长的耳朵一定摆动

着，于是，回头看树叶兔。

但是她没有找到树叶兔，她只看见地面上有一堆黄色的树叶。其中有两片特别特别长的树叶，这是树叶兔的树叶耳朵。树叶兔走了，他变成一堆枯黄的树叶散落在泥地上，米粒非常伤心。这一天，正是树叶兔到米粒家整整一年。

米粒的妈妈说："树叶在风中旋转，他们心中一起想着要成为兔子的时候，树叶兔就形成了，如果不被风吹走，他能生活整整一年。"

米粒的爸爸说："他没有消失在风中，所以不要为他伤心。"

爸爸完成了关于树叶兔的画，画上树叶兔长长的树叶耳朵向后摆着，画的下面写着一行字：人类的朋友。

树上飘下一片树叶，啊，秋天到了，秋风起来了，吹吧。如果那些树叶一起想着当一只兔子的时候，新的树叶兔就会形成，米粒一家仍然会把他带到家里，像爱原来的树叶兔一样爱他。

有爱心的小蓝鸟

夜晚，下起了大雪，蓝鸟一家睡在干草铺成的小床上，暖和极了。小蓝鸟躺在红树叶的被子里，翻来覆去，怎么也睡不着。

一片红树叶在寒风中飘哇飘哇，飘进了鸟窝，正好落在一只小蓝鸟的头上。

"对不起，砸疼你了吗？"一个细细小小的声音在小蓝鸟耳边响起。

是谁在说话？难道树叶还会说话？

"是我，我是小瓢虫。哦，好冷啊！冬天这么快就来了吗？"细小的声音有些打战。

这时候，小蓝鸟发现树叶上趴着一只红色的小瓢虫，他冷得缩成了一团，像半个圆球，红得发亮的背上有一些黑色的小圆点。

"多么漂亮的瓢虫。"小蓝鸟一下子喜欢上了他。

蓝鸟妈妈、蓝鸟爸爸拿来细草丝拴住了瓢虫的脚，那细小的脚已经不太灵活了。

"快放我走！我把树叶送给你们当被子。"红瓢虫亮出硬壳下面透明的翅膀，挣扎着大叫，可是他已经飞不起来了。

"爸爸妈妈，放了他吧。"小蓝鸟心肠软。

"这不行，我们蓝鸟天生爱吃虫。"蓝鸟妈妈尖着嗓子说。

看到小蓝鸟不忍心的样子，蓝鸟爸爸只好提议："不过，我们现在还不饿，留着过年时再慢慢地吃吧。"

"这主意太妙了。"蓝鸟妈妈扑棱着翅膀不住地点头。

可是，看着缩成一团的小瓢虫，小蓝鸟一点儿也不觉得快活。

夜晚，下起了大雪，蓝鸟一家睡在干草铺成的小床上，暖和极了。小蓝鸟躺在红树叶的被子里，翻来覆去，怎么也睡不着。

"没有了红树叶被子，小瓢虫会不会冻死呀？"小蓝鸟悄悄地起床，点亮了小草灯，啊，小瓢虫正在流眼泪呢！

"小瓢虫，你别哭哇。"小蓝鸟最见不得别人哭了。

"我，我，我会成为你们一家的食物。你们会拧掉我的脑袋，撕下我的翅膀，啄烂我的身体，噢，太可怕了。"小瓢虫哭得更厉害了。

"别怕，别怕，有我呢！"小蓝鸟安慰着小瓢虫。

可是，拴住瓢虫的草丝牵在蓝鸟妈妈的手里，要放走瓢虫，妈妈会很容易发现的。"这可怎么办呢？"小蓝鸟吹灭了小草灯，窸窸窣窣想办法去了。

"咕噜——"半夜里蓝鸟爸爸的肚子饿了，"冬天就是容易饿肚子。"蓝鸟爸爸摸着黑起了床。

　　"咕噜——"蓝鸟妈妈的肚子也饿了，"半夜里吃东西会长胖的。"蓝鸟妈妈咽了咽口水，"不过，我就吃一点点。"蓝鸟妈妈点亮了小草灯。

　　灯光下，蓝鸟爸爸、蓝鸟妈妈同时发现了对方。

　　"我，我只想看看瓢虫的脚拴紧了没有。"蓝鸟妈妈说完扯了

扯草丝，草丝那头重重的，嗯，小瓢虫还在。

"我，我只是睡不着，起来看看书。"蓝鸟爸爸从枕头下拿出他的书：《蓝鸟类食谱大全》。蓝鸟爸爸吃东西前，总要先翻书的。

"书上怎么写？"蓝鸟妈妈怕胖，吃东西前也喜欢看这本书，凡是高脂肪的虫子，蓝鸟妈妈一律不吃。

"哗啦哗啦"，蓝鸟爸爸翻到书的末尾一页，上面正画着一只瓢虫，旁边有一段文字："瓢虫，鞘翅目昆虫，含有丰富蛋白质，去除外壳鞘翅，即可食用。"

"太好了。"蓝鸟妈妈很高兴。

接着看下去："食用前须知：瓢虫中有一种七星瓢虫，是益虫，鸟类禁止食用。"

"但愿那只红瓢虫不是七星瓢虫。"蓝鸟妈妈叫起来。

"去看看。"蓝鸟爸爸说。

他们看到，草丝拴住的是他们的蓝鸟宝宝。

"瓢虫呢？"蓝鸟爸爸很着急地问。

"不告诉你们。"小蓝鸟轻声回答，不敢看爸爸。

"噢，好孩子。"蓝鸟妈妈心疼地替小蓝鸟解下干草丝，"也许，你做得对，是我们犯了错误。我们差点儿吃掉一只益虫。"

"益虫？太好了，我已经把他给放了。"小蓝鸟高兴极了。

"不好。"蓝鸟爸爸更着急了，"这么冷的天，小瓢虫出去会被冻死的。"

是呀，小蓝鸟一家全都着急了，三只蓝鸟在寒冷的夜晚飞出了温暖的鸟窝。

"在这儿。"蓝鸟爸爸一眼就看到了小瓢虫，在洁白的雪地上，小瓢虫红红的背特别醒目，他背上的圆点也格外清晰。

"一颗星，两颗星，三颗星……七颗星。爸爸，他是七星瓢虫！"小蓝鸟一边数一边叫。

蓝鸟妈妈已经张开了温暖的翅膀，把快冻僵的小瓢虫暖在了怀里。

第二天早晨，小瓢虫醒来了。"这是什么地方？这么暖和，

是不是我已经进了蓝鸟的肚子里了？"

"不，你在我妈妈的羽毛里。"小蓝鸟回答。

"我马上要成为你们家的食物了，是吗？"小瓢虫又要流泪了。

"不，不，你是我们家的朋友。"蓝鸟爸爸抢着回答，"给，这是你的红树叶被子。"

"谢谢。"小瓢虫的眼泪"哗啦"流了出来，打湿了蓝鸟妈妈胸前的羽毛，这可是高兴的眼泪呀！

整个冬天，小瓢虫都是在温暖的鸟窝里度过的。他和小蓝鸟一家成了形影不离的好朋友。

大头鱼在雨天和晴天

街上的男人们有的用报纸遮住自己的光头，有的把公文包顶在头顶，还有的用衣领罩住头，大部分的人用双手抱住头……他们跑得飞快，抢着到屋檐下躲雨。

大头鱼居住在河底一幢小小的房子里，水草缠绕着他家的窗户。

沿着卵石铺成的路一直走，大头鱼可以走到城市的喷泉下面，然后从喷泉里走出来。抖一抖身上的水珠，他就可以在街头散步了。

大头鱼散步的时候，他的大头皮鞋发出"嗒嗒"的声音。和街上大部分男人一样，他腆着大肚子，抬着头，在街上走着，步子不紧也不慢。

没有人发现，一条鱼和他们一起走在大街上。

忽然，天上开始下雨了。

街上的男人们有的用报纸遮住自己的光头，有的把公文包顶在头顶，还有的用衣领罩住头，大部分的人用双手抱住头……他们跑得飞快，抢着到屋檐下躲雨。

只有大头鱼，他仍然腆着大肚子，抬着头，不紧也不慢地走在大街上。

大街上只有大头鱼走着，大家很快就发现大头鱼的服装是鱼尾服，而且，鱼尾服看上去是不怕被雨淋的。

"啊，是鱼，他是鱼先生。"一个戴草帽的男人叫起来。

大头鱼回头看了一眼，吓了一大跳，那个人身后还跟着三只猫。

大头鱼逃回喷泉，从喷泉回到河底。他发誓下次一定要带一把伞，他可以用伞遮住尾巴。

大头鱼第二次出门，带上了一把伞。

街上有很多老先生，他们拄着拐杖，步子不紧也不慢。大头鱼把伞当成拐杖拄着，步子不紧也不慢。

没有人发现，一条鱼和他们一起走在大街上。

太阳渐渐升起来，大家撑起了伞。只有大头鱼先生，他用伞遮住尾巴。

"啊，是鱼先生。"还是那个戴着草帽的人，他说，"遮住尾巴没用，我见过你，你的头特别大。"

大头鱼回头一看，吓了一大跳。在那个人的身影后，有三只猫的影子。

大头鱼逃回河底，发誓再也不会在晴天和雨天上街了，他对自己说："好在，除了雨天和晴天，还有阴天。"

　　下雨的时候，大头鱼在河底睡大觉。出太阳的时候，大头鱼在河底悠闲地喝咖啡看报。

　　大头鱼想，世界上最安全的地方大概就是河底了吧，而最最好玩儿的地方，大概就是大街上了，他盼望阴天赶快到来。

猫的早餐

他们谁也不说话，蹲下来守着猫的三条鱼，他们都在想，猫什么时候才会出来吃早餐呢？

猫刚到主人家时还没有学会抓老鼠，却极受宠爱，他的早餐是三条美味的鲜鱼。

鸡、鸭和狗都很羡慕，每天清早都跑来闻闻鱼的香味，鸡还会对鸭和狗说："你们可不许嘴馋，这是猫的早餐。"

当猫吃完第一条鱼后，狗咽咽口水说："我的早餐是肉骨头。肉骨头可比鱼香多了！"说完就走了。

当猫吃完第二条鱼时，鸭子屁股一撅，摆动着胖胖的身子去

游泳了。

而鸡呢，要看着猫吃完早餐后才肯离开。

可是今天，鸡早就唱过三次歌了，鸭子也在池塘里游了三圈，猫还没有出来吃早餐。

性急的狗第三次问起同样的问题："怎么，你们谁也没见过猫吗？"

鸭说："昨天傍晚，猫在院子里蹦来跳去的，准是玩累了！"

狗也想起来了："是呀，昨天半夜，我屋顶上的小青瓦给他踩得噼啪噼啪响。这会儿，他怕是还没睡醒呢？"

鸡听了鸭和狗的话，瞪圆了眼睛想了想，说："天哪，我居然还唱了三次歌，幸好没把猫吵醒。"

听了鸡的话，鸭子赶紧收拢翅膀走上岸来。

狗也不溜达了。

他们谁也不说话，蹲下来守着猫的三条鱼，他们都在想，猫什么时候才会出来吃早餐呢？

这时，院子的门突然打开了，鸡、鸭、狗揉揉眼睛——咦，是猫！猫从外面走进院子，看起来心情很不错。

难道猫没有在睡觉？

当猫弄清楚他的朋友们一直在等着他吃早餐时，笑着说："亲爱的伙伴，昨晚上我抓了只大老鼠，我已经吃得太饱太饱了。这不，我散步消化消化。"

说完，猫就把三条鱼分给他的朋友们吃。

自从猫学会了抓老鼠，他每天晚上都吃得饱饱的，清早就出

去散步。主人自然不知道,他每天为猫准备的三条鱼,早已成了鸡、鸭、狗的早餐了。

木头城的歌声

　　小姑娘边唱边哭，越唱越伤心，越唱眼泪越多。木头人一家都醒了，他们一个个都竖起耳朵听音乐姑娘的歌唱，他们没想到世界上会有这样悲伤的歌，他们也跟着叹起气来，跟着掉下泪来，跟着轻轻地唱起这首让人伤心的歌来……

木头城里住着许多木头人，他们走路慢慢的，说话轻轻的，从来不笑也不哭。这木头城真是一座安静冷清的城市。

流浪歌手布熊经过这里时，第一回给这座城市带来了歌舞。布熊有一只神奇的音乐盒，盒子里住着小小的音乐姑娘，盖子一打开，小姑娘就跳起轻快的舞蹈，唱起快乐的歌谣：

"如果感到幸福你就拍拍手，啪啪;如果感到幸福你就跺跺脚，哒哒……"

第一次听到这欢快的歌曲，木头娃娃们忍不住张张嘴巴，扭扭屁股，也想唱起来，跳起来。可是木头城向来是不吵不闹的呀，

木头爸爸、木头妈妈见了一定会骂的。木头爸爸、木头妈妈呢？也听到音乐姑娘的歌唱了，他们伸伸手，抬抬腿，忍不住也想唱起来，跳起来。可是木头城向来是安安静静的呀，木头爷爷、木头奶奶见了一定会生气的。歌声传到木头爷爷、木头奶奶耳朵里，他们点点头，抖抖肩，忍不住也想跟着唱一唱，跳一跳。可是他们转念一想，都这么大岁数了，木头娃娃们和木头爸爸、木头妈妈们见了会笑话的呀！就这样，音乐姑娘的歌唱了一首又一首，舞跳了一个又一个，木头城里所有的人都装作没听见没看见，只管静静地做自己的事情。

"真是一群木头疙瘩！"布熊见没人理睬，嘀咕了一声，就收拾好音乐盒继续流浪了。

可是，粗心的布熊把音乐姑娘忘在木头城里了。当木头娃娃们发现音乐姑娘时，小姑娘早哭成了泪人儿。从来不哭的木头人最怕见眼泪了，木头爸爸、木头妈妈一个劲地劝音乐姑娘："为什么要哭呢？快别哭了。"木头爷爷、木头奶奶把音乐姑娘带回家，让她睡在木头房子的一张小木床上。

夜里，木头人一家全睡了，音乐姑娘躺在小木床上唱起了歌：

"如果感到悲伤你就叹叹气，哎！哎！如果感到悲伤你就哇哇哭，哇！哇！"

小姑娘边唱边哭，越唱越伤心，越唱眼泪越多。木头人一家都醒了，他们一个个都竖起耳朵听音乐姑娘的歌唱，他们没想到世界上会有这样悲伤的歌，他们也跟着叹起气来，跟着掉下泪来，跟着轻轻地唱起这首让人伤心的歌来……

歌声飘呀飘,越过了木头城,一直传到了小布熊的耳朵里。"怎么? 木头人也会唱歌?"布熊先是很奇怪,再仔细一听,呀,音乐姑娘也在跟他们一起唱歌! 布熊掉过头,又向木头城奔去。

音乐姑娘重新回到音乐盒里,唱起了她在木头城唱过的那支拍拍手、跺跺脚的歌曲。这时,木头人们再也忍不住了:木头娃娃张大嘴巴,扭起屁股;木头爸爸、木头妈妈拍起了手,跺起了脚;木头爷爷、木头奶奶晃动着脑袋,抖动着肩膀。整个木头城上空

响起了欢快的歌声，木头城一夜之间变成了音乐城啦！

　　布熊和音乐姑娘再也不想离开木头城了，他们要把歌舞永远留在木头城，也把欢乐与幸福永远留在木头城。

飞来的青蛙

　　看着妈妈的眼睛，绿山听话地点点头。突然之间，他觉得黑淤泥的黑房子没有那么可怕了。黑，可以让人冷静并思考自己究竟做错了什么。

1. 尾巴，烦人的尾巴

一只青蛙一张嘴，两只眼睛四条腿，"扑通"一声跳下水。

两只青蛙两张嘴，四只眼睛八条腿，"扑通、扑通"跳下水。

三只青蛙三张嘴，六只眼睛十二条腿，"扑通、扑通、扑通"跳下水。

……

夜晚，月光洒在开满荷花的池塘里，青蛙王国一片欢乐。青蛙们一只一只从荷叶上跳进河里，他们在这里庆祝自己长大，并且丢掉了那烦人的尾巴。

有的青蛙"呱呱——呱呱——"地唱着歌，有的在荷叶上比赛跳远。

这时候来了一只大青蛙，他是乘着荷叶船来的，他坐在荷花椅子里，大家只能看见他的上半身，他头上还戴着荷花瓣做的皇冠。

在他身后站着一胖一瘦两只大青蛙，其中胖青蛙走到大家面前，大声宣布："呱呱呱，青蛙们——青蛙们——"胖青蛙停顿了一下，等待大家安静下来。

青蛙们果然停止了唱歌和跳远。

胖青蛙这才接着宣布："为了庆贺你们从蝌蚪长成青蛙，我们特意举办庆祝大会，今年的庆祝大会不是大合唱，也不是运动会，而是——"

胖青蛙又停顿了一会儿，鼓着的大眼睛从一张张充满了期待的青蛙脸上扫过，最后才宣布："而是——辩——论——赛。呱呱呱——"

辩论赛？青蛙们都很好奇地看着他们的国王。

瘦青蛙走上前来接着宣布："辩论的题目是——呱——青蛙拥有尾巴究竟好不好？呱——正方认为，拥有尾巴是好的；反方

认为，拥有尾巴不好。呱——"

"我们是反方。"青蛙们齐声回答。

"说说理由，孩子们。"青蛙国王的声音从胖青蛙和瘦青蛙的身后传来，简短而低沉。

"呱——如果有了尾巴，跳上跳下就不方便了。"

"呱呱——如果有了尾巴，就不能像国王一样稳稳地坐在荷叶椅上。"

"呱呱呱——猿变成人要丢掉尾巴，蝌蚪变成青蛙也要丢掉尾巴。丢掉尾巴意味着长大。"

青蛙们议论纷纷，胖青蛙和瘦青蛙不住地点着头。

"呱——没有喜欢尾巴的吗？"青蛙国王的声音更加低沉。

"呱呱——不喜欢。"青蛙们整整齐齐地回答。

"呱呱呱——真的不喜欢？"青蛙国王像受到重大打击一样，呆呆的。

大家懒得发出声音了，用摇头表示自己的意思。

"咕儿呱——我喜欢。"一个微弱的声音在安静中响起。

青蛙国王点点头，他的目光已经寻找到这只叫声是"咕儿呱"的青蛙。他转身望了望胖大臣和瘦大臣，他们的脸上同时出现了笑容。

这只叫声是"咕儿呱"的青蛙站了出来，直直地站在月光下，月光把他的影子拉得很长，他低头看着自己的影子，他比其他青蛙多出了一根长长的尾巴。

"呱——尾巴，他还有尾巴。"青蛙们马上就发现这只青蛙还有尾巴。

"呱呱——他怎么也来参加我们的庆祝大会了？"

"呱呱呱——我认识他，他是倔脾气青蛙，他有着岩石一样的名字——绿山。"

大部分青蛙都不认识绿山，因为他还是蝌蚪的时候就独自住在池塘边缘那幢快要倒塌的泥巴城堡里，城堡的一半在池塘里，另外一半却延伸到了紧贴着池塘的沼泽地里。

2.青蛙绿山被处罚了

绿山的皮肤特别绿，眼睛特别鼓，蹼特别大，他已经是一只成年青蛙了，却还拖着尾巴。他的身世像一个谜。

"说吧，孩子，说说你的想法。"青蛙国王鼓励这只与众不同的小青蛙。

绿山鼓足勇气说："有尾巴就可以把自己挂在树上，像蝙蝠一样，很有趣的。"

"那你去挂啊。"一只青蛙指着高高的树枝，"我不明白，青蛙要怎样才能到达树上？"

"呱呱呱呱呱呱……"青蛙们大声地笑着绿山。

"呱——小心你游泳的时候被水草挂住尾巴。"

"呱呱——小心被螃蟹夹住尾巴。"

青蛙们把绿山团团围住，一只坏青蛙趁机把绿山抬起来，因为大家叫着说要看看他的尾巴。

可怜的绿山露出了白白的肚皮，这一刻他仿佛再也没有秘密，他努力要翻过身体，可是，怎么努力都没有用，他的尾巴被其他青蛙压住了，他动不了。

青蛙国王叹着气，用微弱的声音说："别闹了，别闹了，我宣布，青蛙辩论赛结束，反方获得胜利。"

"呱——呱呱——呱呱呱——我们胜利喽——我们胜利喽——"起哄的青蛙们这才放了绿山，他们心满意足地唱歌和跳远去了。

夜晚，青蛙们生起篝火，他们还在荷花池旁边庆祝自己丢掉了尾巴。

绿山远远地看着蹦蹦跳跳的同伴，他们整齐地舞蹈，看起来他们都像是一模一样的，而且他们唱歌和说话的声音也很相似。

只有绿山，他和别的青蛙不一样，特别是他的心里，充满了酸酸的滋味。

眼泪开始在绿山鼓鼓的两只大眼睛里转动着，"吧嗒""吧嗒"落了下来。

两滴泪珠掉落在水里，先是聚在一起，后来又慢慢地散开，化成一棵水草，这棵水草开出蓝色的小花，像蓝色的水葫芦花一样，让人觉得忧伤。

青蛙绿山用河底的淤泥涂满身体，仿佛这样就可以裹住自己，还有那烦人的尾巴。

池塘里盛开着几朵蓝色的水葫芦花，绿山摘了一朵又一朵，他要用它们盛泥浆，再穿成一串，去浇灭那堆燃烧的篝火。

黑夜里——

有的青蛙围着篝火烤莲蓬吃；有的青蛙用菱角做成的乐器吹奏曲子；还有的青蛙在火光下捏着泥巴。

他们尖叫着，扭动着……火苗映在他们身上，看起来像一群红色的青蛙。

绿山的水葫芦花已经灌满了泥浆，而且连成了长长的一串。他拉着水葫芦的一头，开始向篝火冲去。

"咕儿呱，咕儿呱——"绿山冲进了青蛙中间。

"呱，呱呱，呱呱呱——"青蛙们乱成一团，绿山的水葫芦被青蛙们踩踏着，喷出黑色的泥浆。

谁也没有想到，平时一直躲在一边的青蛙绿山这时候像一团黑影一样出现在大家面前。

几个火星在黑夜里落入池塘。池塘一片漆黑，火星落进去顿时被黑暗吞没了。

绿山"咕儿呱——咕儿呱——"地叫了几声，他要告诉大家："我是绿山，我来了——"

"呱——绿山，停止你的行动。"这是青蛙国王的声音，带着一些严厉。

绿山愣了愣，他的嘴角抽搐了一下，可是，他找不到快乐的感觉。

"请你待在池塘中的黑淤泥里，呱——"青蛙国王平静地宣布对捣乱分子的处罚。

"黑淤泥？"绿山跌坐在地上。

在池塘的最底层，连黑鱼也不愿意去的淤泥里，有着青蛙王国的黑房子。那是任何一只青蛙都不愿意待的地方，那里一片漆黑。

3. 鳄鱼大叔藏着许多秘密

胖大臣亲自把绿山关进了黑房子，然后面无表情地离开了那里，把绿山独自扔在了一团漆黑中。

黑，让绿山感到害怕。黑夜里，爸爸妈妈这两个从未见过面的亲人常常会出现在他的脑海里，有时候，他们是两只胖胖的青蛙，有时候他们是两只瘦瘦的青蛙，可是当他们张开双臂拥抱绿山的时候，绿山却什么也看不见了。黑，眼前太黑了，他焦急地寻找爸爸妈妈，可是什么也看不见。

日子一天一天过去了，绿山一天一天瘦下去。

突然，绿山看见一支红色的蜡烛点亮在黑房子里。蜡烛光形成的光圈笼罩着点亮蜡烛的青蛙——瘦大臣。

"嘘——别出声，跟我走，孩子——"瘦大臣在黑暗中打着手势。

绿山默默地跟在瘦大臣身后，瘦大臣的身影拉得很长，看起来更加瘦，突然之间，绿山觉得瘦大臣很亲切。

他们走过黑黑长长的通道，瘦大臣在前面带路，绿山就在后面跟着，黑夜里，有一个带路的人可真好啊。

过了很久，他们从一个木头做成的桥下面钻出来。

绿山看见了熟悉的池塘。瘦大臣回到桥下面，不等绿山回过头来，就消失了，只留下一个小小的旋涡。

绿山对着桥发愣，他想不出瘦大臣为什么要帮助他。

他决定先回自己的泥巴城堡。

泥巴城堡的圆形窗下有一棵猪笼草正在开花，小虫子飞过，猪笼草收拢了花瓣，把虫子"吃"了。

圆形窗户已经倒掉，事实上已经变成了一个类似于圆形的窟窿，绿山从窟窿一样的窗户跳进去。

屋子里晒干的水草编织成的绳子，一圈一圈绕起来挂满了泥墙，发出淡淡的鱼腥味，这正是绿山最喜欢的味道。

水草旁挂着一幅画，画上有一只美丽的绿青蛙，她穿着荷花瓣的裙子，戴着荷叶帽子，上衣口袋里插着一朵蓝色的水葫芦花，正笑眯眯地看着他。

"妈妈，我要走了——"绿山对着画叫着。

他从没有见过妈妈，只是从他还是蝌蚪的时候起，邻居鳄鱼大叔告诉他，这张画像上的青蛙就是他的妈妈，他的妈妈喜欢蓝色的水葫芦花，是青蛙王国最美丽、最可爱的青蛙。

鳄鱼大叔喜欢穿西装，衣摆很长，一直延伸到尾巴的末端，可以称为"鱼尾服"。他常常在鱼尾服的西装口袋里插上一张报纸，这是他编的《沼泽地报》。《沼泽地报》去过很多地方，去过那些沼泽地动物都没有去过的城市。

鳄鱼大叔常常望着远方，叹着气对绿山说："你妈妈去了很远的地方。"

"妈妈为什么去很远的地方？"绿山问鳄鱼大叔，这件事情好像只有鳄鱼大叔知道。

鳄鱼大叔支支吾吾地说："等你长大了，我再告诉你。"

"那么，我的爸爸呢？他又去了哪里？"绿山紧紧盯着鳄鱼大叔问。

鳄鱼大叔肯定地说："总有一天，你爸爸会来找你的。"

鳄鱼大叔像一只藏着秘密的大瓶子，而那个瓶盖紧紧地关着，怎么也打不开。

所以，每当绿山伤心的时候，只能到"妈妈"这里来站一会儿，看着妈妈的微笑，绿山的心里就能舒服许多。

"妈妈，绿山不愿意被关进淤泥里的黑房子。"绿山习惯对着妈妈的画像说话，不过今天他是来和妈妈的画像告别的，他要离开青蛙王国了。

他从塌掉的泥巴墙洞里走出家门，接着又用泥巴把墙洞、窗户和门都堵上。现在，他的家看起来更像一个泥堆。

"妈妈，我会回来的。"没有行李，绿山只穿了一件红色的背带衫，背带衫的前胸有一个大口袋，口袋里插着一朵蓝色的水葫芦花。

离开池塘，青蛙绿山来到了一片沼泽地。

沼泽地周围有高高低低的山，把沼泽地围得像一个巨大的水盆。

有一些树木高高地站在水中央，成为水鸟的乐园。

也有一些小岛高出水面，还长着一些灌木。

在靠近岸的地方，长着一些芦苇，芦苇中间有水草地，开着紫色的水草花，《沼泽地报》主编鳄鱼大叔的家就在这里。

每天早晨，鳄鱼大叔会穿着鱼尾服，戴着领带，背着一个绿色布包，站在路边，样子很滑稽，既像主编，又像一个送报员。

绿山来向鳄鱼大叔道别："我要走了，鳄鱼大叔。"

"离开这里？"鳄鱼大叔愣了愣，"你，你想去哪里？"

"我也不知道，我要去找我的爸爸妈妈。"绿山说。

鳄鱼大叔点了点头，说："也好，孩子，去吧。我来想想，嗯，必须要想出一个离开这里的办法。这里四周都是山，对于青蛙来说，要走出去太难了。"鳄鱼大叔脱下手套不断地搓着手。

沼泽地以外的那个世界，鳄鱼大叔跟着一个不靠谱的邮递员去过一次，之后就再也找不到去的路了。绿山怎样才能走出沼泽地呢？

4．意外地成了会飞的青蛙

"和我的报纸一起送出去？"鳄鱼大叔的报纸被送到许多地方，每周一都会有邮递员来沼泽地取报纸。

邮递员穿着绿色的衣服，划着绿色的铁皮小船，他把鳄鱼大叔的报纸装了满满一船。一切都是绿色的，混进一只绿色的青蛙应该不会被发现。

虽然这个邮递员从不和鳄鱼说话，但总是面带笑容。

鳄鱼大叔觉得，这个主动对着陌生人笑的家伙有些不可靠。

大家都应该知道鳄鱼是不会笑的，他们也不相信微笑。

邮递员也就只能收回了笑，划着船离开沼泽地了。

邮递员到达的地方是城市，他怎么到达的，只有他自己知道。

鳄鱼大叔不喜欢城市："你可以去城市以外的任何地方。孩子，记住，别去城市，你的妈妈也不会在那里，那里不是青蛙生活的地方。"

可是怎样才能离开这一望无际的沼泽地呢？沼泽地周围的那些小山坡，挡住了青蛙的路。

鳄鱼大叔终于想到了办法，他想起了住在沼泽地中央小岛上的鳄鱼美美。鳄鱼美美的嘴巴特别大，而且喜欢吃泡泡糖。

"你可以飞，像鳄鱼美美一样，吹一个大泡泡，就能飞起来了。"鳄鱼大叔被自己大胆的设想感动了。

"啊，飞？鳄鱼大婶飞过吗？"绿山不认识鳄鱼美美。

鳄鱼大叔坚持认为自己的设想是合理的，他说："鳄鱼美美确实没有飞过，那是因为鳄鱼美美身体太沉，飞不起来。可是，你就不一样了。"

鳄鱼美美正在嚼着泡泡糖，然后吹出了一个大大的泡泡，一被打扰，只听见"啪"的一声，泡泡爆了，糊住了她整个身体。

她把头从泡泡中钻出来，打量着绿山，说："我可以教你吹泡泡，你身体小巧，说不定你真能飞起来。"

就这样，青蛙绿山开始学习吹泡泡。不久，他就能吹很大的泡泡了。

有一次，绿山吹了一个比自己身体大两倍的泡泡，他感觉自己的身体突然变得轻了，啊，他飞起来了！

鳄鱼美美激动地抱住鳄鱼主编说："虽然我没有飞起来，但是绿山飞起来了，我成功了。"

就在这时候，只听"啪"的一声，青蛙绿山的泡泡在天上"爆炸"了。

哦，完了，美美趴在鳄鱼大叔的肩膀上看也不敢看了。

绿山眼看着就要成为"青蛙馅饼"了，突然，他转动起大尾巴，啊，他的尾巴像螺旋桨一样旋转起来，绿山摇摇晃晃地降落在一棵树上。

"我站在树上了？"绿山不相信地看着自己，"我的尾巴原来是螺旋桨啊！"

绿山成为一只会飞的青蛙了。

风儿吹来的时候，他总是随着风飞起来，晃晃悠悠的。

"他像一只风筝。"鳄鱼大叔说。

"更像一只热气球。"鳄鱼美美说。

树顶、草地、水面……许多地方都成了绿山的降落地，当然，他总会压断树枝，还总在草地上留下青蛙形状的坑。

"没有关系，孩子，记住，不要飞得太远，不要飞到城市去。"鳄鱼美美一次又一次叮嘱着。

鳄鱼大叔兴奋得不停地搓着手："我敢肯定，任何一只青蛙都没有想到过，长长的尾巴不是多余的，而是用来飞行的。"

5．在森林通往城市的路上遇险

森林里的溪水边住着两条土黄色的水蛇，其中一条的身上是土黄色加黑斑点，所以他们的名字分别是阿黄和黑斑。

午后，他们在沼泽地东边的一条小路上忙活着，先把泥土挖松，然后，黑斑把阿黄埋到泥土下，再把泥土压结实，只露出一个头。

"今天吹的是东风，青蛙一定会飞到这里来，等他来了，我就卷住他。"阿黄说。

"我就上去捉住他，到没有人的地方我们再平分。"黑斑肩膀上扛着一只麻袋，一只用来装青蛙的麻袋。

"等我抓住青蛙，我要美美地吃上一顿。这么多年了，我从没有吃过青蛙。"阿黄说。

"那只叫绿山的青蛙，他总在沼泽地边上转悠，我早就想吃掉他了，可惜，他旁边总有鳄鱼大叔保护。"黑斑说。

"嘘——来了。"黑斑拽了一把枯草盖住了阿黄的脑袋，自己也退到路边的灌木丛中。

青蛙绿山踏着午后的阳光走在森林小路上。

"哎哟——"绿山被"绳子"绊倒了。

"绳子"迅速卷起来，围成了一个桶，啊，绿山被围在中间了。

"哈哈，我围住他了，老黑啊，我围住他了。"阿黄小小的圆脑袋伸过来，脑袋上长着一对小眼睛。

黑斑扑过来用力把绿山卷进麻袋。

"怎么对付这只小青蛙呢？"黑斑拍拍麻袋问阿黄。

"那还用说，吃了他。"阿黄口水都要流下来了，他要尽快享用美食。不过他突然想起一件事，"老黑，这家伙会不会有毒？

你看他居然长了一条尾巴。"

黑斑犹豫了一下，松开了麻袋。

就在蛇犹豫的时候，绿山竖起了尾巴，旋转——转转转——旋转——飞了，绿山飞起来了。

黑斑和阿黄没有想到绿山会再次飞起来，他们不甘心地追赶起来。

绿山没飞多久又掉了下来，掉在森林不远处的草丛里。

"哈哈，这家伙在这里。"两条蛇突然又出现了。

"要不是我背着麻袋，这家伙不可能逃走的。"黑斑说。

"要不是这家伙会飞，我的铁桶围攻术也不可能失败。"阿黄说。

绿山只能继续竖起尾巴飞行，两条蛇一直在地面追赶。

傍晚的时候，绿山筋疲力尽地飞落到一个广场上。

谁都知道，这里是城市广场。广场上人来人往，许多鞋子在他面前晃动着，踩着一个落在地面的"绿色蝴蝶结"。

这"绿色蝴蝶结"当然就是绿山了，他已经被踩得扁扁的了。

终于，绿山穿过树林一样"茂密"的脚和鞋子，躲到了一张椅子下面。

广场四周的路灯都亮了，长条形的靠椅上坐着一个老头儿和一个老婆婆，他们走走停停，这会儿，他们拿起放大镜开始读报纸。

"老石头，你还在想长尾巴青蛙的事情吗？"老婆婆问老头儿。

那个叫老石头的老头儿说："我忘不了啊，那只大青蛙，她从长尾巴青蛙身边突然跳出来，奋力保护长尾巴青蛙，鼓着眼睛瞪着我。"

绿山吓了一跳，从垂下来的报纸上，他看见了"长尾巴青蛙"这几个字。

"我还想去拜访这张报纸的主人——鳄鱼主编，可是，我找不到通往沼泽地的路究竟在哪里。唉，找不到那个邮递员了，现在送报纸的不是他了，我知道他一定是故意躲着我的，因为我惹了麻烦。"

"别出去了，老石头，只要你一出门，我的眼皮就不停地跳，我每天都担心。"老婆婆请求着。

"可是，我要找到鳄鱼主编，他对沼泽地动物的熟悉程度已经超过了我，而且沼泽地里又出现了一只长尾巴青蛙。"老头儿摸着光秃秃的头皮，手掌在头顶打着圈儿，有些兴奋的样子。

"又出现一只长尾巴青蛙？你是说，沼泽地里有许多长尾巴青蛙？"老婆婆也很吃惊。

"不会是许多，但是，不止一只了。报上说，他们是会飞的青蛙，但我没有看见过长尾巴青蛙飞起来。也许，报纸的主人——鳄鱼主编知道。"老头儿从胸口的上衣口袋里摸出放大镜看报纸的中缝，这张报纸，他一个字也不想漏掉。

他们在说那个不可靠的邮递员？在说鳄鱼主编？在说会飞的青蛙？

老石头叹了口气，继续说："那只和长尾巴青蛙在一起的大青蛙被我捉回来以后，不吃不喝，想到这些，我就觉得那只青蛙特别像你。"

"你这老头儿，又拿青蛙和我比。"

"真的，上次我生病了，你也不吃不喝，守着我，那只青蛙也是，为了那只长尾巴的青蛙，宁愿自己被我捉住。想到这些，我的心里就不是滋味。"

"别想那么多，你后来不是放了那只大青蛙了吗？"老婆婆安慰老头儿。

老石头仍然有些伤感地说："只是不知道那只大青蛙是不是回到沼泽地了？"

老婆婆挽起老头儿的手："走，我们再走走。"

"好。"老石头听话地把放大镜插回上衣口袋里，跟着老婆婆继续散步去了。

绿山看见那张留在长椅上的报纸。啊，是《沼泽地报》，鳄

147

鱼主编的报纸在这里出现了。

绿山捡起那张报纸，撕了一块当成衣服穿在身上，他不想别人看见一只扁扁的青蛙很可怜的样子。

6. 遇见了桥洞下的"蛤蟆"

城市的广场中央有一个喷泉，绿山在喷泉里洗了一个澡，然后躺在喷泉旁的地上睡觉。就这样，绿山白天待在长椅下面，晚上在喷泉旁过夜。

老石头和老婆婆天天来散步，读各种各样的报纸，有《森林报》《山谷报》《大海报》《天空报》《泥土报》……

每天都会有一位蛤蟆大婶来捡报纸，绿山注意到，蛤蟆大婶从不让老石头和老婆婆发现她。

有一天，老头儿带来了《森林报》，今天的《森林报》刊登了让人们惊恐的消息：森林里走失了两条蛇，估计他们进了城市，而且他们是有剧毒的，当你看见路边有绳子形状的东西时，最好看清楚是蛇还是绳子。

啊，阿黄和黑斑难道也进城了？绿山想拿到报纸看个究竟。

老头儿和老婆婆看完报纸，还是像往常一样把报纸留在长椅上。

绿山从椅子下伸出黑花纹的手去拿报纸。他看见了另一只黑花纹的手。

两只黑花纹的手同时捏住了报纸。啊，原来是每天来捡报纸的蛤蟆大婶。她穿着灰色的大袍子，瘦而扁的身体像不牢固的衣架，大嘴巴微微张开着，鼓鼓的眼睛灰灰的。

"咕儿呱——咕儿呱——"

蛤蟆大婶也吓了一跳，她来到城里已经有一年多了，从来没有见过青蛙。

绿山穿着报纸做的小背心和报纸做的大裤子。看起来，他像是一只用报纸折叠出来的青蛙。

"报纸青蛙，你从哪里来？"蛤蟆大婶绕着绿山跳了一圈。

"我从沼泽地旁边的池塘里来。"

蛤蟆大婶顿时激动起来，她的眼睛也亮起来了。啊，那么亮的眼睛，绿山在哪里见过？绿山想起了画像上妈妈的眼睛。

蛤蟆大婶急着问："孩子，你叫什么名字？现在住哪里？"

"我叫绿山，就住在这张长椅的下面。"

"绿山，啊，这里很危险，这个城市里没有青蛙，你应该快回沼泽地去。对了，你是怎么来的？"

"我是逃跑来的，那两条进城的蛇就是来追我的。"绿山想起了惊险的一幕，稍稍有些紧张。

"跟我去桥洞下吧。"蛤蟆大婶拉着绿山就跑。

不远处的桥洞下就是蛤蟆大婶的家。

蛤蟆大婶说："在这个城市里，能住在河边已经很好很好了。"

可是，没有青蛙会喜欢这里，绿山想。

桥洞下的墙壁上贴满了花花绿绿的报纸，还有一堆报纸堆得像小山一样，"小山"的下面有一个小小的帐篷。

"蛇应该不喜欢这里，就算找到了这里，也有报纸堆可以躲藏。"蛤蟆大婶说，"这些都是来自大自然的报纸，很多城里人都订阅的。"

绿山感激地看着蛤蟆大婶，蛤蟆大婶带给他安全的感觉。

"好吧，孩子，去河里洗个澡，今天晚上你可以在报纸的床上好好地睡一觉了。"

绿山脱下报纸衣服，露出了他的尾巴。

蛤蟆大婶点亮屋里的灯。当她转身的时候，她看见了青蛙的尾巴。

蛤蟆大婶一下子惊呆了。

绿山不好意思地夹着长尾巴："蛤蟆大婶，我忘记说了，我是长尾巴青蛙，沼泽地里最奇怪的青蛙。"

蛤蟆大婶鼓鼓的眼睛里一下蓄满了泪水。

"孩子，你是我的孩子。"蛤蟆大婶脱下了灰色的大衣，露出绿色的皮肤。

"啊，你是青蛙大婶，哦，不，你真的是我的妈妈。"站在青蛙绿山眼前的正是消失的青蛙珍珠——绿山的妈妈。

"我每天都在想你，孩子。你爸爸好吗？"青蛙珍珠只是比画上瘦了许多，眼睛却还是那么明亮。

"爸爸？我还有爸爸？我一直都独自住在泥巴城堡里。"

"哦，你爸爸还是那么胆小，他和他的爸爸一样，他的爸爸和他的爷爷一样。他们一辈子都不肯说出青蛙国王的秘密，每一只青蛙国王都有着长长的尾巴。"

"青蛙国王？长尾巴？那个坐在荷叶上的青蛙国王，他也有长长的尾巴吗？他是我的爸爸吗？"青蛙绿山一下跌坐在报纸中，他惊呆了。

7．青蛙王国经历的伤心事

青蛙王国的青蛙们一向胆小，从不离开池塘。

而青蛙珍珠的家在池塘和沼泽地边缘，也就是那幢泥巴城堡。

鳄鱼主编是她的邻居。这一切都让珍珠成为一只胆大的青蛙。

有一次，青蛙国王在胖青蛙大臣和瘦青蛙大臣的陪同下来沼泽地洗澡，露出了他长长的尾巴。除了胖大臣和瘦大臣之外，没有其他青蛙知道这个秘密。

他怎么也没有想到，这个秘密被住在沼泽地边缘的青蛙珍珠发现了。

后来，青蛙珍珠就成了青蛙王国的王后，王后是不会出卖国王的。青蛙国王的秘密仍然是秘密。

青蛙珍珠常常带着国王去沼泽地里游泳，在沼泽地里，青蛙国王的胆子渐渐大起来，还认识了鳄鱼主编。

不久，青蛙珍珠产下了青蛙卵，青蛙国王希望小青蛙在这里长大，长成大胆的青蛙。

就在这时候，沼泽地来了一个光脑袋、矮个子的老头儿，他就是研究动物的专家老石头，是鳄鱼主编带来的客人。

鳄鱼主编被邮递员带领着从城市中央的喷泉下钻出来，他拿着一叠报纸站在街头叫卖，这时候遇到了老石头，鳄鱼主编邀请老石头去沼泽地，邮递员当他们的向导。

青蛙国王没有想到老石头、邮递员和鳄鱼会突然出现，他长长的尾巴暴露在大家的面前。

"一只成年的有尾巴的青蛙？"老石头兴奋得忘记了自己是鳄鱼主编邀请来的客人，他脱下外衣，扑了上去。

青蛙国王吓坏了，他闭上眼睛忘记了逃跑。

青蛙珍珠从沼泽地的水草中扑过来，猛地推开青蛙国王。

老石头抓住的不是有尾巴的青蛙，而是青蛙珍珠。

鳄鱼主编吓坏了，他没有想到这个老石头会不顾一切地抓住青蛙，对于这样不友好的老头，鳄鱼主编想一口吞下他。

邮递员拉起老石头就逃。

等老石头停下来的时候，他已经在城市广场的喷泉旁边了，手中拽着湿漉漉的衣服，里面正是他抓来的青蛙珍珠。

青蛙国王吓坏了，他找不到王后珍珠了，他独自回到池塘，从此不敢再去沼泽地。

瘦大臣和胖大臣去沼泽地寻找小青蛙王子。可是小青蛙王子也找不到了，因为当青蛙还是蝌蚪的时候，他们都长着尾巴，瘦大臣和胖大臣无法从成千上万的蝌蚪中找到小王子。

　　"珍珠，我把你弄丢了，我也找不到咱们的孩子了。"青蛙国王觉得自己是废物，从此，他坐在荷叶上不愿意再离开池塘。

　　当蝌蚪变成青蛙的时候，普通青蛙都会脱掉尾巴，而这时候，小青蛙王子会留下长长的尾巴。胖大臣和瘦大臣为了寻找小青蛙王子，特意设计了那场青蛙辩论赛。

　　再说城市的老石头，他把青蛙珍珠带进了实验室，打开衣服，他失望地发现自己捉住的不过是一只普通的青蛙。

　　"啊，可恶，你不是那只有尾巴的青蛙，你不是我要的青蛙。"老石头正要把青蛙扔出窗户，突然他回忆起捉住青蛙的一刹那，他明白了，这只青蛙是为了救那只有尾巴的青蛙才被他捉来的。

　　老石头想送青蛙回到沼泽地。可是，没有邮递员和鳄鱼主编的指引，老石头是找不到那片沼泽地的。

　　他捧着青蛙来到城市广场的喷泉旁边，希望在这里再次遇到邮递员和鳄鱼主编，可是，鳄鱼主编再也没有出现在城市里，邮递员也失踪了，报纸改成了由一只绿色的鹦鹉准时送来。

　　老石头问鹦鹉："那个不可靠的邮递员哪里去了？"

　　鹦鹉说："那个不可靠、不可靠、不可靠的邮递员哪里去了？哪里去了？处罚、处罚、处罚去了。"

　　老石头叹了口气，他捧着青蛙一连等了很多天，每天都等来说话重复的绿鹦鹉，最后，老石头把青蛙轻轻放下，说："唉，

勇敢的青蛙，你自己回家去吧。"

青蛙珍珠站在城市广场中央，四周路灯亮起，她无处可去。她不认识城市通往沼泽地的通道。

她惦记胆小的青蛙国王，也惦记小青蛙王子。

突然有一天，青蛙珍珠遇到了一个穿绿衣服的人。

"啊！你是那个邮递员？"青蛙珍珠认出了邮递员。

邮递员的绿衣服已经褪了颜色，也不再背着绿色的邮包。他冲青蛙珍珠笑了笑，正像鳄鱼主编说的那样，他不可靠的微笑没能帮助青蛙珍珠。他只是说："抱歉，因为我带人去沼泽地，违反了邮局的规定，我被禁止再去沼泽地了。希望有一天，我会再次遇到你。"

8.《沼泽地报》讲述的故事

报纸堆积如山。

小青蛙王子绿山和青蛙妈妈睡不着了，这是他们在城市里的最后一夜。

明天，西风刮起来的时候，他们将要离开这里。

"爸爸已经看见了我的尾巴，他一定认出我来了。可是，他却把我关进了黑淤泥牢房。"绿山说。

"什么？你爸爸把你关进牢房了？"青蛙珍珠有些不太明白，为什么丈夫认出了自己的孩子，不拥抱他，而是下令把孩子送进黑色的牢房？

绿山低着头："我，我把泥浆喷到其他青蛙的身上，破坏了青蛙们的聚会。"

青蛙珍珠这才明白："小青蛙王子是不能欺负别的小青蛙的。你爸爸惩罚你是对的。你爸爸虽然胆小，却是一个善良的国王。"

"瘦大臣更善良，是他把我放了的。"

"嗯，瘦大臣还是老样子，他总是犯'心太软'的毛病。"作为青蛙王后，珍珠对大臣是非常了解的。

"胖大臣呢？他的心可不软。是他把我带进了黑房子。"

"孩子，胖大臣也是个好大臣，他这样做是对的，回池塘之后，你要继续去牢房，因为你是小青蛙王子，不能当逃犯。"珍珠的表情变得严肃起来。

看着妈妈的眼睛，绿山听话地点点头。突然之间，他觉得黑淤泥的黑房子没有那么可怕了。黑，可以让人冷静并思考自己究竟做错了什么。

绿山渐渐变得高兴起来，因为他知道自己有一个善良的父亲，虽然他有胆小的缺点。他还知道，他有一个勇敢的、深爱他和爸爸的妈妈。

天快亮了，空中还挂着星星，路灯也还亮着。

绿山和妈妈来到城市广场，绿山要在这里发动螺旋桨，然后带着妈妈起飞。虽然他飞不远，可是，他相信自己和妈妈能一点一点地飞回沼泽地。

西风刮起来了。

绿山开始转动尾巴，越转越快，越转越快……

"飞了——妈妈，我们飞了——"

天空中一只绿色的小青蛙带着另外一只绿色的青蛙，他们依偎在一起，他们要飞回自己的家。

城市广场上的路灯灭了。

路灯下，一个老头儿和一个老婆婆也依偎在一起，他们的眼睛望着远方，那是青蛙绿山和他的妈妈飞行的方向。

"回家吧，老头子。"

"回家，你说得对，老太婆，我们回家，我再也不找各种理由去打扰他们了。"

一转身，他们看见了那个邮递员，他站在空空的广场上："啊，我来晚了，连改正错误的机会都没有了啊。"

"不晚，还有两个需要你帮忙的。"老石头说，"出来吧——"

树林里游出来两条蛇，他们是黑斑和阿黄。

"带他们回去吧，你认识去森林的路，我知道，你送过《森林报》。"

邮递员摇着头说："我是来改正错误送青蛙回去的，你让我送他们回去，我不去。"

"请带我们回到森林吧，我们迷路很久了，一天也不愿意再待在这座城市里了。我们做错了很多事情，可是，请给我们改正的机会。"两条蛇请求着，说着说着他们都快要哭了。

邮递员说："唉，我违反了不准带任何人经过秘密通道进入城市的规定，但好像没有不准带人经过秘密通道返回的规定，对，是没有这样的规定。"

"既然没有这样的规定，那就快走吧。"老石头说。

邮递员微笑了一下，看起来仍然是那么不可靠的样子，然后他说："来吧，进入灌木丛，踩着落叶走。"

他们进入了灌木丛，只听见树叶发出"沙沙沙"的声音，一会儿就看不见他们的影子了。

"在这个世界上，一定还有许多这样的秘密通道。"老石头说。

他想象着青蛙王看见王后珍珠和小青蛙王子的情景，流下了激动的眼泪。

一年之后，《沼泽地报》上刊登了这样的消息：小青蛙王绿山带领着青蛙王国的青蛙拜访了沼泽地和森林。近期，正准备带着老青蛙王和小小青蛙王，飞到人类的城市访问。

所以，亲爱的小读者，如果你看见有三只青蛙飞来，麻烦你像接待所有的国王一样接待他们。

图书在版编目（CIP）数据

书本里的蚂蚁 / 王一梅著. -- 北京：北京理工大
学出版社, 2025. 1.
(课本里的大作家).
ISBN 978-7-5763-4509-4

Ⅰ . I287.7

中国国家版本馆CIP数据核字第2024BH3105号

责任编辑：申玉琴　　文案编辑：申玉琴　　策划编辑：张艳茹　门淑敏
责任校对：刘亚男　　责任印制：李志强　　特约编辑：赵一琪　高　雅

出版发行 / 北京理工大学出版社有限责任公司

社　　址 / 北京市丰台区四合庄路 6 号

邮　　编 / 100070

电　　话 /（010）68944451（大众售后服务热线）
　　　　　　（010）68912824（大众售后服务热线）

网　　址 / http://www.bitpress.com.cn

版 印 次 / 2025 年 1 月第 1 版第 1 次印刷

印　　刷 / 雅迪云印（天津）科技有限公司

开　　本 / 710 mm×1000 mm　1/16

印　　张 / 10.5

字　　数 / 102 千字

定　　价 / 34.80 元